国际大奖小说

德国青少年文学奖

Tante Tilli macht Theater

蒂莉阿姨的魔法箱

[德] 彼得·赫尔德林 / 著

王泰智　沈惠珠 / 译

天津出版传媒集团

新蕾出版社

图书在版编目(CIP)数据

蒂莉阿姨的魔法箱/(德)赫尔德林著;王泰智,沈惠珠译.
—天津:新蕾出版社,2011.4(2024.6重印)
(国际大奖小说)
书名原文:Tante Tilli Macht Theater
ISBN 978-7-5307-5060-5

Ⅰ.①蒂…
Ⅱ.①赫…②王…③沈…
Ⅲ.①儿童文学-长篇小说-德国-现代
Ⅳ.①I516.84

中国版本图书馆CIP数据核字(2011)第034169号
Tante Tilli macht Theater by Peter Härtling
Copyright © 1997 Beltz Verlag, Weinheim und Basel
Programm Beltz & Gelberg
Simplified Chinese translation copyright © 2004
by New Buds Publishing House
ALL RIGHTS RESERVED
津图登字:02-2004-175

出版发行:新蕾出版社
http://www.newbuds.com.cn
地　　址:天津市和平区西康路35号(300051)
出 版 人:马玉秀
电　　话:总编办(022)23332422
　　　　　发行部(022)23332351　23332679
传　　真:(022)23332422
经　　销:全国新华书店
印　　刷:天津新华印务有限公司
开　　本:880mm×1230mm　1/32
字　　数:65千字
印　　张:4.75
印　　数:174 001—179 000
版　　次:2011年4月第1版　2024年6月第25次印刷
定　　价:25.00元

著作权所有,请勿擅用本书制作各类出版物,违者必究。
如发现印、装质量问题,影响阅读,请与本社发行部联系调换。
地址:天津市和平区西康路35号
电话:(022)23332677　邮编:300051

前言

一辈子的书

梅子涵

亲近文学

一个希望优秀的人,是应该亲近文学的。亲近文学的方式当然就是阅读。阅读那些经典和杰作,在故事和语言间得到和世俗不一样的气息,优雅的心情和感觉在这同时也就滋生出来;还有很多的智慧和见解,是你在受教育的课堂上和别的书里难以如此生动和有趣地看见的。慢慢地,慢慢地,这阅读就使你有了格调,有了不平庸的眼睛。其实谁不知道,十有八九你是不可能成为一个文学家的,而是当了电脑工程师、建筑设计师……可是亲近文学怎么就是为了要成为文学家,成为一个写小说的人呢?文学是抚摸所有人的灵魂的,如果真有一种叫作"灵魂"的东西的话。文学是这样的一盏灯,只要你亲近过它,那么不管你是在怎样的境遇里,每天从事怎样的职业和怎样地操持,是设计房子还是打制家具,它都会无声无息地照亮你,使你可能为一个城市、一个家庭的房间又添置了经典,添置了可以供世代的人去欣赏和享受的美,而不是才过了几年,人们已经在说,哎哟,好难看哟!

谁会不想要这样的一盏灯呢?

阅读优秀

文学是很丰富的,各种各样。但是它又的确分成优秀和平庸。我们哪怕可以活上三百岁,有很充裕的时间,还是有理由只阅读优秀的,而拒绝平庸的。所以一代一代年长的人总是劝说年轻的人:"阅读经典!"这是他们的前人告诉他们的,他们也有了深切的体会,所以再来告诉他们的后代。

这是人类的生命关怀。

美国诗人惠特曼有一首诗:《有一个孩子向前走去》。诗里说:

有一个孩子每天向前走去,

他看见最初的东西,他就变成那东西,

那东西就变成了他的一部分……

如果是早开的紫丁香,那么它会变成这个孩子的一

部分；如果是杂乱的野草，那么它也会变成这个孩子的一部分。

我们都想看见一个孩子一步步地走进经典里去，走进优秀。

优秀和经典的书，不是只有那些很久年代以前的才是，只是安徒生，只是托尔斯泰，只是鲁迅；当代也有不少。只不过是我们不知道，所以没有告诉你；你的父母不知道，所以没有告诉你；你的老师可能也不知道，所以也没有告诉你。我们都已经看见了这种"不知道"所造成的阅读的稀少了。我们很焦急，所以我们总是非常热心地对你们说，它们在哪里，是什么书名，在哪儿可以买到。我就好想为你们开一张大书单，可以供你们去寻找、得到。像英国作家斯蒂文生写的那个李利一样，每天快要天黑的时候，他就拿着提灯和梯子走过来，在每一家的门口，把街灯点亮。我们也想当一个点灯的人，让你们在光亮中可以看见，看见那一本本被奇特地写出来的书，夜晚梦见里面的故事，白天的时候也必然想起和流连。一个孩子一天天地向前走去，长大了，很有知识，很有技能，还善良和有诗意，语言斯文……

同样是长大，那会多么不一样！

国际大奖小说

自己的书

优秀的文学书,也有不同。有很多是写给成年人的,也有专门写给孩子和青少年的。专门为孩子和青少年写文学书,不是从古就有的,而是历史不长。可是已经写出来的足以称得上琳琅和灿烂了。它可以算作是这二三百年来我们的文学里最值得炫耀的事情之一,几乎任何一本统计世纪文学成就的大书里都不会忘记写上这一笔,而且写上一个个具体的灿烂书名。

它们是我们自己的书。合乎年纪,合乎趣味,快活地笑或是严肃地思考,都是立在敬重我们生命的角度,不假冒天真,也不故意深刻。

它们是长大的人一生忘记不了的书,长大以后,他们才知道,原来这样的书,这些书里的故事和美妙,在长大之后读的文学书里再难遇见,可是因为他们读过了,所以没有遗憾。他们会这样劝说:"读一读吧,要不会遗憾的。"

我们不要像安徒生写的那棵小枞树,老急着长大,老以为自己已经长大,不理睬照射它的那么温暖的太阳光和充分的新鲜空气,连飞翔过去的小鸟,和早晨与晚间飘过去的红云也一点儿都不感兴趣,老想着我长大

了,我长大了。

"请你跟我们一道享受你的生活吧!"太阳光说。

"请你在自由中享受你新鲜的青春吧!"空气说。

"请你尽情地阅读属于你的年龄的文学书吧!"梅子涵说。

现在的这些"国际大奖小说"就是这样的书。

它们真是非常好,读完了,放进你自己的书架,你永远也不会抽离的。

很多年后,你当父亲、母亲了,你会对儿子、女儿说:"读一读它们,我的孩子!"

你还会当爷爷、奶奶、外公和外婆,你会对孙辈们说:"读一读它们吧,我都珍藏了一辈子了!"

一辈子的书。

让我们先来认识一下

蒂莉阿姨

大卫

葆拉

大卫的妈妈

罗登布鲁克先生

Tante Tilli Macht Theater

目录
蒂莉阿姨的魔法箱

第 一 章　蒂莉阿姨不是真正的阿姨… 1

第 二 章　一篇作文引起的麻烦……… 10

第 三 章　蒂莉阿姨登场演出………… 20

第 四 章　一次可怕的遭遇…………… 33

第 五 章　美丽的女歌手……………… 41

第 六 章　红灯时一切都变了………… 57

第 七 章　一封比电报还快的信……… 64

第 八 章　葆拉的探望………………… 85

第 九 章　拿破仑是个小个子………… 90

第 十 章　护理员内波穆克…………… 101

目录
蒂莉阿姨的魔法箱
Tante Tilli Macht Theater

第十一章　石膏终于拆除了…………108

第十二章　陷入困境…………………115

第十三章　为蒂莉阿姨申诉…………124

第十四章　父亲的第一封信…………131

第 一 章

蒂莉阿姨不是真正的阿姨

其实,准确地说,蒂莉阿姨并不是真正的阿姨,也不愿意别人叫她阿姨,但母亲却坚持让这么叫。蒂莉阿姨只能是阿姨,而不能是别的什么。至少对大卫是这样,尽管蒂莉真的不是他的阿姨。

母亲在这种事情上特别固执。她不许大卫管她叫妈

国际大奖小说

妈或者妈咪或者阿妈或者伊尔莎,尽管所有这些称呼都是正确的。有一次,他只是出于高兴叫了母亲一声妈咪,她就立即跳了起来,并警告他说,如果他再这么叫的话,她就会因生气而铁青个脸,而且永远那样下去。大卫当然不想有一个铁青着脸的母亲。

蒂莉阿姨也是因为大卫才搬到他家来的,但他已经完全不记得了。因为这一切都是在他婴儿时代发生的事情。父亲在国外主持一项大型工程项目,要在南美修建一座水坝,每半年才能回家一

Tante Tilli Macht Theater

次,而且只能住三周。等他走了以后,母亲就会说,现在该轮到她休假了。

大卫出生后不久,父亲又走了。母亲忙得几乎到了四脚朝天的地步。她必须为歌剧院新一轮演出缝制服装,还要照顾尚在襁褓中的大卫。母亲为此问过很多人,但她们都没有时间,或者都表示没有时间。就在这个紧急时刻,母亲想起了她过去认识的一个笔友:蒂莉阿姨。其实她完整的姓名是奥戴莉·韦威尔卡。

母亲的母亲,也就是外婆,1945年时,和还是"纯情少女"的蒂莉,从捷克的布鲁诺被赶了出来。那时外婆和蒂莉阿姨在一起共患难过一段时间。她们一起生活、学习和唱歌。

外婆死后,母亲仍然和蒂莉阿姨保持了一段通信联系。现在,她求蒂莉阿姨至少暂时到法兰克福来住一段时间。开始时,蒂莉阿姨还有些不乐意:"植物要是老了,就不能随随便便移植花盆了!"但后来她还是答应了。算起来,这都是十二年前的事情了。

国际大奖小说

现在,蒂莉阿姨不再埋怨了。"老植物"在新花盆里感觉良好。她住在走廊尽头的一个大房间里,她觉得,房间里最重要的东西就是床和钢琴。她躺在床上唱歌,但在钢琴旁却不唱。她说,一边弹钢琴一边唱歌,这会使约翰内斯,就是她那只虎皮鹦鹉受不了的。这些年来,这只鹦鹉的音乐素养提高得很快,只要你唱错一个音,它

就会唧唧地叫起来。

蒂莉阿姨在房间的四扇窗子上都挂了特别漂亮的窗帘。看上去，它们就像舞台上的幕布，拉开和关闭时，还发出沙沙的响声。

蒂莉阿姨老是不断变换自己的形象。有一次来吃早饭时，她变成了一个特别年轻的小姑娘，染红的头发，超短的裙子。她还特别让母亲和大卫注意她的大腿："你们看这儿！有这两条腿，我可以参加任何一场时装表演。"有时她又扮成流浪女，拖到脚腕子的深色长裙，满脸的皱纹，一绺灰发垂在额头上。

母亲不喜欢这种把戏。"你知道吗，蒂莉，你这个滑稽的样子我无法接受。"

可这却丝毫不能影响蒂莉阿姨的兴致："你们俩所做的一切，如果我都能接受，那我早就把我的宽容之心吃掉了。"

装扮成另外一个样子，这对蒂莉阿姨是一种享受。完全进入角色以后，她会兴奋地称自己是个狂人。

她唱歌的场所早已不在舞台上，而是在舞台的侧下方，那个叫提词暗室的小屋里面。那是用来为忘记台词的男女演员做提示的。

母亲知道，蒂莉阿姨当提词员不仅备受赞赏，而且声名远播。

国际大奖小说

蒂莉阿姨是个有争议的人物,但这正是她所希望的。父亲逃到遥远的地方去,她也并不是完全没有责任的。这个想法,有时也在大卫的脑子里闪过。但他永远也不会说出去,否则,蒂莉阿姨会大发雷霆的。但有一点可以肯定:父亲一回到家,老是和蒂莉阿姨发生争执。父亲叹气说,她就是骚乱的化身。在客厅里,父亲感觉很不舒服,因为她在墙壁上贴满了戏剧招贴画和印有男女歌星的可怕图片。而大卫却觉得这个"舞台装饰"很不错。

今天好像有什么不大对头。"你母亲在房间里跑来跑去,就像一只快要进汤锅的母鸡。"蒂莉阿姨说。

刚刚放学回来的大卫,思想还停留在学校里,但觉得蒂莉阿姨这种比喻实在是太粗俗了。

大卫知道,蒂莉阿姨这几天在剧院没事干。她一轻松下来,总是显得有些百无聊赖。她穿着一件银光闪闪的晨袍,缩在厨房的椅子上。晨袍太大了,罩在身上,就像是一顶小帐篷。她的脸用面膜涂了一个白色的"面具",露在外面的两只眼睛闪着绿色的光芒。她把头发梳成了一个发髻,就像是帽子上的绒球。

母亲站在灶旁烧午饭,向蒂莉阿姨抛过来一个疑惑的目光,或者是试探的目光。大卫一边在餐桌上摆放餐具,一边暗暗地观察着。然后他坐下来,等着母亲把锅从

灶台拿下来放到餐桌上,好给大家的盘子里分蔬菜和土豆。

蒂莉阿姨把盘中的一块肉推向一边。"今天是我的素食日。"她嘟囔着。

母亲坐直了身体,把刀叉放在盘子旁边,嘴里咀嚼着,尽管她什么都没有吃。然后,她终于把心里的话说了出来:"我必须请你们俩单独生活两个礼拜。"

"什么?"大卫惊讶地问。

"原来如此。"蒂莉阿姨说。

"对。"母亲点头道。

"为什么?"蒂莉阿姨问。

大卫不知说什么好,所以也重复这个问题:"为什么?"

蒂莉阿姨尖刻地说:"难道你是我的回声?"

"我要和剧院一起去巴黎巡回演出。"母亲轻声说,似乎有些担忧。

"那我呢?"蒂莉阿姨不满地问,似乎要消失在她的银色帐篷里。"难道让我把休闲的日子浪费在这孩子身上?"

大卫眼睛盯着盘子里的蔬菜说:"你太卑鄙了,蒂莉阿姨。"

"我很愿意这样。"她说。

然后,三个人都沉默不语地吃饭。最后,蒂莉阿姨边

国际大奖小说

吃边说:"我们会好好儿利用这几天的,伊尔莎。等你回来,你肯定会对我和大卫这期间所做的和所经历的一切感到羡慕的。"

"天啊,这是什么意思?"

"喏,"蒂莉阿姨沉思地晃着头说,"比方说房间起火,或者水管爆裂,或者我们搬到旅馆去,因为我们受不了天天做早饭、拉着吸尘器满屋子跑。"

母亲不知所措地盯着蒂莉阿姨。

蒂莉阿姨向她点头笑了,把手放在大卫的手上。"我们会应付一切的。你去收拾行装吧。"

大卫很高兴,但同时也有些害怕。他将第一次和蒂莉阿姨单独生活这么长的时间。

"你难道没事干吗?"蒂莉阿姨把他赶出了厨房。

大卫和布鲁诺有个约会,还得去做数学作业。母亲曾跟他讲过,他出生时特别小,小得可怜。母亲当时对他很是担心。但母亲说,他当时是世界上最漂亮的婴儿!父亲见到他以后,立即就给他取了个合适的名字:大卫!就像那个曾给巨人格利亚带来恐惧的大卫。但是,现在他却觉得自己很渺小。他聆听着房子里的声音:母亲的房间寂静无声,蒂莉阿姨正在浴室里高歌。

第二章

一篇作文引起的麻烦

当天晚上,母亲就与他们告别了。大家含着热泪,紧紧地拥抱。蒂莉阿姨觉得这很有戏剧性,但大卫觉得,蒂莉阿姨的评价并不可笑,反倒使他想哭。因为白天太累了,他很早就上床睡觉,但同时也有些担心,以后的日子该怎么过呢?他连做梦都无法想象。

闹钟的铃声把他从睡梦中唤醒。他把闹钟关上,想再安静地睡几分钟。但他没有想到还有蒂莉阿姨的存在。她像打雷似的敲着大卫的房门:"起床啦,你这个大懒虫!十分钟之后吃早饭!"

在厨房里,她指手画脚地和大卫说个不停。她好像忘记了,大卫是个早上不愿意说话的人。她不断用挑衅的目光看着大卫,可大卫却根本不理她。她给大卫讲自己的过去,当然也讲那个了不起的歌星小汉斯,那是个完美无缺的男中音。她用手在空气里画的那个小汉斯,肯定是个大高个儿。为了不使蒂莉阿姨扫兴,他还得不时地点头附和。这样一来,蒂莉阿姨崇拜的那个小汉斯可就更加高大了。"我真为他高兴,"她说,"他不仅歌唱得好,人也很聪明。"

大卫站起身来。

"你现在就走吗?"

"是的。"

"现在不是还早吗?"

"不早了。"

她拍了他一下:"那就再见,我的小不点儿。"

这时大卫才想起来,蒂莉阿姨在学校里也将扮演一个角色。他写了一篇关于她的作文,已经交了上去。今天语文老师罗登布鲁克先生就会给他发回来。但愿不会挨批,虽然那已经是家常便饭了。

可蒂莉阿姨的事还没有完,在楼梯口他被告知她三点钟以前回不了家,所以吃饭的事,最好等她回来再说。"你听见了吗?"她喊道。

他从楼梯口向上喊道:"没有!"

罗登布鲁克先生已经看过了学生交上去的作文。每次发作文时,他都会让全班同学紧张一阵子。他发作文本不是按照名字的字母次序,比如从阿多夫到兹维勒,也不是按照分数高低,比如从一分到六分(德国学校一分最高——译者注),而是按照一个老师的品位,也就是从枯燥无味到有趣好看来排。对于那些他觉得作文很乏味的学生,他就会安慰地说:"不要紧,以后会好起来的。"

说老实话,大卫从没有想过能得到比这更好的评价。

"讲述一个你们热爱和珍视的事物,并且在你们的生活中有着特殊的意义,或者有一个好听的故事。"两周前,罗登布鲁克先生这样要求学生。

大卫马上就想到了蒂莉阿姨的化妆盒。

"大卫!"罗登布鲁克先生走到他的身边站住了,咂了一下嘴,把作文本放到大卫的书桌上。"很好。"他说。然后继续道:"我很想认识一下你的这位蒂莉阿姨。请给

大家读一下你的作品,全班同学都应该欣赏这篇好文章。"

罗登布鲁克先生有时确实有点儿夸张,大卫想。他把作文本翻开,趴在书桌上开始朗读起来:

化 妆 盒

我的阿姨蒂莉已经在我家住了很长时间。她老了,但却不像其他人那么老。她来自布鲁诺,有时也讲两句布鲁诺话,但那也是德语。她从前是个歌唱家,现在只在家里唱歌,如果她心情好的话。

大多数情况下,我觉得蒂莉阿姨很棒。她现在还在工作,尽管没有这个必要。她之所以这样做,是因为还有人需要她。表演者有时在舞台上忘记歌词或台词,这时就需要蒂莉阿姨轻声给他们提示。平时她就坐在舞台前面的一个暗厢中。

这方面我就不想多说了。我想讲一讲蒂莉阿姨的化妆盒。它看起来就像是一个真正的箱子,只不过比一般箱子高一倍,是用黑色皮革做成的,里面放着好几层小盒子,每

个小盒子都可以单独抽出来，在这些小盒子里，蒂莉阿姨摆放了所有化妆时需要的东西。她可以给自己化妆，可她并没有固定的样子，不会像狂欢节那样。她把脸和嘴唇画红，还在眼睛下面画一条粗粗的蓝线。有时，如果她特别高兴，就真的画一个脸谱。这时的她看起来就像是一个小丑——脸是白的，眼睛发绿。我不知道她是怎么画的。她有时也会把自己画成一个巫婆，脸是褐绿色的。最奇特的是，她能把自己扮成一个百岁老婆婆。我的母亲觉得这很无聊，但我老想去摸一摸蒂莉阿姨的脸，因为我不相信那是真的。这一切都来自那个"魔法箱"，她这样说。里面甚至还有一个可以使我的脸变歪的工具。这就是蒂莉阿姨的化妆盒。我所以选它当作文的题目，是因为有这样化妆盒的人并不多，而且还因为没有人拥有蒂莉阿姨，当然除了我和母亲。蒂莉阿姨虽然不是我的亲戚，但却是个十分疼爱我的阿姨。

他念作文时，曾停顿了几次，因为他想起了一些本来也应该写进去的事情。他其实可以写得更多一些。但就是这样，他也差一点儿没有来得及完成。

罗登布鲁克先生带头鼓起掌来，班里大部分同学也跟着鼓掌。不是说所有的人，弗洛里安就没有鼓掌。他不喜欢大卫，大卫也不喜欢他。弗洛里安说大卫是吹牛大

王,大卫说弗洛里安是个胖粥锅。两个人都爱着葆拉。

葆拉鼓掌了,大卫看得很清楚。

"很可惜,我不认识你的蒂莉阿姨。"罗登布鲁克先生好像是在对自己说。然后沉思着走回讲台,凝视着空空的黑板,突然转向学生。"有了!"他的脸上一下子放出了光芒,"我们干脆邀请蒂莉阿姨到我们班上来。她会给我们讲她的经历,而我们也可以向她提各种问题。她会不乐意吗,大卫?"

大卫对罗登布鲁克先生的建议感到很为难。他打量了一下放在书桌上的作文本。这一切都是因为那个倒霉的化妆盒。

"根据你在作文中的描写,你的蒂莉阿姨肯定会接受我们的邀请的。"罗登布鲁克先生走到大卫身边,"怎么样?"

"我不知道。"大卫嘟囔着说。

"但我们至少可以试一试。"罗登布鲁克先生把手放到大卫的肩膀上,轻轻按了一下,"是我向蒂莉阿姨发出书面邀请呢,还是由你跟她说?"

大卫想:我的天!如果罗登布鲁克先生给蒂莉阿姨写了一封赞美信,那她肯定会飘飘然起来,把自己当成全世界最棒的歌唱家了。

"不,"大卫回答,"还是我跟她说吧。"

放学后,葆拉陪大卫回家,尽管这么走有些绕远,但她想知道更多关于蒂莉阿姨的情况。"你怎么从来没有谈起过她?"

"因为她早就存在,就像我母亲那样。关于母亲,我也只是在有问题时才说几句。就是这样。"他偷偷看了葆拉一眼。乌黑的头发遮住了她的额头,她撅着小嘴似乎在想什么。他小心翼翼地把胳膊靠在葆拉的胳膊上,而她似乎并没有感觉到异常。

"你想告诉你的蒂莉阿姨,罗登布鲁克先生想干什么吗?"

"当然。"

蒂莉阿姨还没有回来。大卫曾答应等她回来吃饭。当她比原定时间稍晚一些回来时,大卫却忘记了罗登布鲁克先生的邀请。直到一个很不合适的时间,在一个很不合适的地点,他才想起了这件事。晚上9点半,演出进

行时,在歌剧院舞台后面的布景中间,除了男女演员,任何一个人、一头猪、一只老鼠,都不许发出一丝声响。

"蒂莉阿姨。"大卫耳语道。她立即用手捂住了大卫的嘴,而且脸上毫无表情。

过了一会儿,她把手松开。观众正在鼓掌。现在他又可以动弹了,可以大口喘气和说话了。

"我们回家吗?"他问。

"好吧,孩子。我也看够了。"蒂莉阿姨能够把嘴张得很大,就像一只大青蛙。

"我们走吧。"她拉起大卫,"明天你大概眼睛也睁不开了,这都是我的罪过。我只是想再听听小汉斯演唱,不过他已经大不如前了。他丢掉的音太多了。"她失望地说。

大卫挽着蒂莉阿姨的胳膊走到剧院门口的大台阶上。这是她最喜欢的方式。

"阿姨,我要向你发出邀请!"

"什么?"她停住脚步,站在了他的面前,"你是不是又想要我?"

"当然不是。"

"那你想干什么?"

"确实是邀请,蒂莉阿姨!我们的老师罗登布鲁克先生想请你去给班上同学讲一讲你做的工作和你的经

国际大奖小说

历。"

"还有什么?"蒂莉阿姨问。

"什么还有什么?"

"就是,你怎么看这个邀请,大卫?"

蒂莉阿姨甚至能够感觉到他的难处。他松开了蒂莉

阿姨的胳膊,拉开一段距离,走在她的旁边。

"那好,我知道应该怎么做了。"蒂莉阿姨又拉起大卫的胳膊,"快,我们得加快脚步了,孩子。否则就赶不上电车了。"

她真的在他前面跑了起来,两步并成一步。

第 三 章

蒂莉阿姨登场演出

在共和国广场，汽车堵塞在一起，连有轨电车都走不动了。天下着蒙蒙细雨，秋天在向路上的行人散发着感冒病菌。大卫站在红绿灯前，观察着周围的行人。有的人等到绿灯时才过马路，也有的人干脆就这么走过去，因为反正汽车都停在那里不动。

身边一个上了年纪的男人举起胳膊,用拳头向下雨的老天爷抗议。

当大卫终于决定要穿过马路时,有人在他背后捅了一下。他生气地转过身去,鼻尖几乎碰到了葆拉的鼻尖。他目瞪口呆地看着她,觉得自己的怪样好像凝固在那里。

葆拉微笑着看着他那张可笑的面孔。"你怎么了,大卫?"

"噢,没有什么。"

葆拉抓住了他。"我问过我的母亲,能不能和你一起做数学作业。她觉得这很好。你当然还能得到点儿好处。"

一股美妙的暖流从他的身体里流过,从头一直到脚。

她又捅了他一下。可这次他的感觉完全是另外一个样子。"说点什么呀!"葆拉说。

他像蛇一样弯曲地穿过那些停止的、喷着臭气、响着喇叭的汽车。葆拉跟在他身后。"你倒是说点什么呀!"她又催促道。

他就像是中了魔法一样——心里很高兴,但却不能表现出来。

葆拉却不松口,紧跟在他身后,轻声恳求着。她不抱多大希望地又问了一句:"说点什么吧,大卫。"

"好。"他在马路的喧嚣中蹦出了这个字。

"什么?"她问,并尽量设法走在他身边。

可是在汽车的头尾夹缝中穿行的路线却使她无法达到这个目的。

他们终于到达了马路的另一侧。葆拉一下子抓住了他的手。

他像发疯一样点了点头:"当然可以。母亲肯定不会反对,蒂莉阿姨更不会。"

"你觉得,她会到学校来看我们吗?"

"她都有点儿等不及了。"大卫也抓住葆拉的手,快到学校时才松开。

"你会认识她的。她明天就到班上来。"

葆拉在他前面跑了起来。"快!我们要迟到了。"她乌黑的短发在头上飞扬着,看起来,就好像一顶帽子很快会从头上掉下来一样。

罗登布鲁克先生对蒂莉阿姨的决定很是高兴。"我很乐意为她提供我的课时。"

当大卫向蒂莉阿姨转达罗登布鲁克先生的邀请时,她并没有感到奇怪。她觉得这是理所当然的事情。"我是谁?"她问约翰内斯——那只虎皮鹦鹉。其实对那只鸟来说,这根本就是无所谓的。这个问题,她已经向它提过无

数次了。

然后她就开始做准备,而且她不需要大卫。"干你自己的事情去吧,这里就交给我好了。"

她也没有像往常那样和他一起吃晚饭,只是从房间里探出头来问一句:"好吃吗?"

等他把电视遥控器上的按键都按了一遍以后,他就

去卫生间刷牙,并听着蒂莉阿姨房间里的动静。但是,什么都听不到。直到他躺到床上,想关灯的时候,她才穿着睡衣、头发上满是发卡、额头和下巴上涂着厚厚一层脂粉地出现在房门口。"我们明天早上坐出租车去学校,"她说,"我得带上不少东西。"

大卫想提出异议,但她却抢先一步:"晚安。"说完就把房门关上了。他只好叹了口气,把头埋在枕头里。

这天夜里他做了好多梦。而所有的梦里,几乎都是蒂莉阿姨唱主角,有时也会出现葆拉。在一个梦里,蒂莉阿姨乘热气球去了学校。她喊叫着,摇着手,并把一根绳子从上面扔了下来。学生和老师都去拉绳子,但就是拉不到校园中来。

他又气又羞地醒来。蒂莉阿姨已经活生生地站在他的床前:"早上好,大卫!"她响亮地向大卫问候,满面春风,呼吸均匀,双手还不住地搓着。

大卫一时还无法立刻从梦中醒来。待醒来后,他又是目瞪口呆不知所措,就像是变戏法一样,蒂莉阿姨返老还童了。她的头发虽然仍是花白,但在额头上却有一绺淡紫色发束垂了下来。看起来,显得调皮和欢快。她几乎没有化妆,但面孔却很光滑,眼睛里闪烁着无限的活力。她的很多衣服,大卫都觉得过于老派和破旧,但现在这件他很喜欢。红色立领衬衫,配上比平时稍短一些的

裙子,她完全有理由为她漂亮的大腿感到骄傲。大卫一下子从床上跳下来,短暂地靠在蒂莉阿姨的身上,感受她那浓郁的香水味道。

"你觉得怎么样?"他觉得蒂莉阿姨的声音好像从很远的地方传来的。"我这个样子,你能带我去吗?我够不够漂亮?"他又打量了一下蒂莉阿姨,从调皮的一绺头发到擦得锃亮的皮鞋,看似不错但还是有一种说不出的感觉。"很好,很好。"大卫回应道。他觉得蒂莉阿姨真是很棒,但却仍然对去学校这件事有些顾虑。

她似乎猜到了他的心思,和他一起走到卫生间门前,然后安慰地说:"其实,我对这堂课是做了充足的准备的,我的乖宝贝,你不必有什么顾虑。"

乖宝贝——这是一种昵称,只有蒂莉阿姨才能这样叫他,而且只有在他情绪很好或很坏的时候。

"抓紧时间,孩子。"

他们站着吃完了早餐。大卫抓起书包,蒂莉阿姨带上她的东西——化妆盒和一只箱子大小的黑皮桶一起出了家门。

出租车已经等在门口。蒂莉阿姨坚持让他坐在自己的身边。她把手袋放在膝盖上,两只黑箱子放在两侧。

"歌德中学!"

出租车司机审视地看了一眼反光镜。

"我们必须准时到达。"蒂莉阿姨又强调了一句。

大家都已经在那里等候了。班里的几个代表站在大门口欢迎,稍显紧张和拘束,葆拉也在其中。蒂莉阿姨让他们帮助提箱子。胖子格雷戈尔提那只黑皮桶。"注意拿好我那个宝贝箱子,孩子!"

蒂莉阿姨还是有点儿激动,面颊也有些发红。她的手在寻找大卫的手,但却没有找到。大卫躲到了旁边,藏在葆拉的身后。他觉得,和蒂莉阿姨手牵手进入教室,太难为情了。

但是,蒂莉阿姨却使大家都着了迷。罗登布鲁克先生鞠躬向她表示欢迎,而班上的学生则纷纷窃窃私语。

大卫忘记了一切担忧,把身体靠在椅背上。他的心中充满了自豪。这个机灵的、发疯的、奇妙的蒂莉阿姨!

她耐心地把箱子摆好。"我必须随手能够拿到它们。"她解释说。

而且,它们马上就出现在蒂莉阿姨的故事当中。她把化妆盒里面的抽屉一个一个地拿出来。"这是什么?"她问。

"一只唇膏。"下边乱哄哄地回答。

不止一只!紧接着她拿出了一大堆唇膏来:浅色的、深色的、玫瑰色的、紫色的、白色的、灰色的、蓝色的……

然后,她又拿出了很多画笔。

"这都是干什么用的,你们知道吗?"蒂莉阿姨举着那些小物品,就好像是集市上叫卖的农妇。"怎么样,你们知道吗?我现在就给你们表演一下。"只是用一只黑笔描了几下,她的眼睛就变得又黑又疲倦了。然后用一块布把这副苦脸擦掉,再用另外一支笔给嘴画了一个淡淡的圆圈。

"这是……"她把一个小盒举了起来。

"胭脂。"孩子们喊道。但已经不像开始时那么有把握。因为蒂莉阿姨的魔术使他们感到神秘莫测。

"不过,这对我还不够。"蒂莉阿姨把手指伸进小盒里,然后把面颊染红,"这叫腮红。"

随后她又拿出一只只小盒,其中有蓝、浅红、深红、灰、黑和白等颜色。顷刻间,她就把下巴染成了白色,变成了一个小丑。

"请看!"她喊道。

"这还不是全部,"她说,"只是一点点。"

她又把手探到箱子里,拿出一块橡皮泥一样的东西。飞速地把它贴在两颊,面颊立即塌陷下去,看起来就好像她已经多日没有吃东西了。

大卫已经忘掉了周围的一切。只是当有几个人鼓掌,另外几个人高喊"妙极了",罗登布鲁克先生也高呼"太好了"的时候,他才又回到了现实。罗登布鲁克先生

国际大奖小说

坐在学生当中,目不转睛地看着。

这时,蒂莉阿姨不再表演唇膏和脂粉了,她开始讲述自己的故事。

Tante Tilli Macht Theater

"很多很多年以前,"说着她站了起来,左右走动着,双手放在脸上,只是几个动作,就把一顶假发套在了头上,"很多很多年以前,我生活在布鲁诺附近的一个小村

庄里。布鲁诺是捷克的一个城市。我上的学校很小,只有一个老师和十一个学生,我喂养鹅、鸡和一群笨蛋,当时只有一个梦想:演戏!因为有一次,一个叔叔带我去布鲁诺看歌剧——一次就足够了。我想学唱歌,想长得漂亮,想出名。"

她有时说得很快,有时又很慢,有时甚至会变成一个少女。她在变化,她在演戏。

大卫盯着她,张大了嘴。

突然,她又戴上了另外一顶假发。她在讲述自己是如何向一个年长的大歌唱家学习的。她不仅演自己,还演她的女老师。她不断更换假发,不断改妆,而且都是在转眼之间。

"我的第一个角色是《被出卖的新娘》中的玛丽,这是斯美塔纳的一部歌剧。"

蒂莉阿姨变得丰满了,变得年轻了,她穿的那条紧身裙子,好像变得宽松和飘逸了。大卫还从来没有听过蒂莉阿姨唱歌。她自己老是说,她只能像乌鸦那样嘶叫。可是现在,她却用响亮而清晰的声音唱了起来。

在这个课时中,假发的颜色不断变换,蒂莉阿姨的表情和动作也是如此。大卫不再听她唱歌,只是盯着她看。所以他根本就没有发现,蒂莉阿姨又变回了她自己,当然是渐渐的。

她讲述她是如何做提词员的。讲她如何在她的小提词间，或者坐在幕后或站在布景之间，为健忘的男高音提示歌词和曲调。她像玩游戏一样，又把各种物件放回化妆盒，把假发放回了黑皮桶。

"是啊，现在我就只有我的大卫了！"

大卫听到了自己的名字，吓了一跳。全班响起了嬉笑声。罗登布鲁克先生站起身来，走到前面，向蒂莉阿姨致谢。他弯腰鞠躬多次，最后还向阿姨致了吻手礼。

有人又笑了起来，大卫觉得这很蠢。如果他现在更大一点儿，下课以后，他也会去吻蒂莉阿姨的手的，特别是在如此精彩的表演之后。

罗登布鲁克先生允许他送蒂莉阿姨上出租车，他替阿姨提着那只装假发的皮桶。

她吃力地坐进汽车的后座，冲他微笑了一下，脸上的皱纹显现了出来。

"我的表演还好吗，大卫？"

大卫努力寻找合适的词语，深深吸了一口气，把双手按在胸前："你真棒，简直是登峰造极！"

她向大卫眨了眨眼睛。出租车开走了。

罗登布鲁克先生今天笑的次数比往常多了许多。蒂莉阿姨的表演打动了他。

布鲁诺在课间给大卫买了一块口香糖。

国际大奖小说

放学时,大卫被叫到了校长办公室。女秘书把一大束美丽的鲜花塞到他手里。"校长对上午的事表示感谢,"她说,"当然向你和你的阿姨。"他尽可能不招摇地拿着花离开了学校。在街上遇到了葆拉。他真想把花藏起来。

葆拉帮助他解了围。"你应该把这束花送给你的阿姨。交给我,我帮你拿到车站。"

有时,他真的是很喜欢她。

第四章

一次可怕的遭遇

大卫坐在电脑前胡乱敲打着键盘。他很想母亲。她已经走了一个礼拜,却只打来过两次电话。并且每次都是蒂莉阿姨和她聊天,还净讲些没用的事情。等轮到他和母亲说话时,他又不知道该说什么了。

显示器屏幕上都是一句话的开头:

我不知道……

明天我和蒂莉阿姨去歌剧院。我不知道看哪出戏……

我应该给弗洛里安一个……

葆拉

葆拉

葆拉

他想和她一起做数学作业,但她必须和母亲去看医生。

蒂莉阿姨正在睡午觉。

约翰内斯,那只虎皮鹦鹉想唱歌,可是唧唧几声后,就泄气了。

父亲寄来厚厚的一封信,还放在走廊的电话桌上。他很想把它打开,但蒂莉阿姨不许他这样做,因为信是寄给母亲的。

有时他有一种感觉,成年人把什么都给搞乱了。他们根本就不注意他,只是在他妨碍了他们的时候,他们才会意识到他的存在,否则就只关心自己,只做自己想做的事情,就像父亲那样可以长期不在家,就像母亲那样可以毫无顾虑地外出旅行。只有蒂莉阿姨不是这样。

她和他谈很多事情,关心他在做什么和想什么。她甚至学会了在电脑上打字。而且她还知道很多奇妙的游戏。

但现在她却在睡觉,而且睡了很长时间。

他走出了家门。有时,他感到无聊的时候,就会去找邻近后院修理汽车的弗里茨。他总是说自己干这行已经很久很久了,可以把任何型号的汽车拆掉,然后再组装起来,甚至那些生了锈的老汽车。

常到这里来的布鲁诺打包票说,弗里茨甚至可以把一辆"大众"改成"大奔"。只不过他还没有尝试过,因为这需要很长时间。

弗里茨正在汽车下面的坑道里干活。"你好,大卫!帮我把六号扳手递过来。"

大卫现在已经熟悉各种扳手的型号,只在个别情况下还可能弄错。

"谢谢。"弗里茨把头从汽车和坑道中间探出来。他现在这个样子,就好像被蒂莉阿姨用油彩化了妆。"过得好吗,小家伙?"

大卫不喜欢弗里茨这样称呼他,但却无法改变。

"母亲外出了。"大卫说。

"去巴西找你的父亲?"弗里茨用扳手敲打着金属板。等他敲完,大卫才回答说:"不是,只是和她的剧团演出去了。"

国际大奖小说

"真可惜。"弗里茨在坑道里说。声音听起来有些发闷,显得很远。"我真想有她这个福分。"

"我可不。"

"这你不懂。"弗里茨喘着气从坑道里钻了出来,先是跪在地上,然后才吃力地站了起来。"真是遗憾,我这个老家伙还得在这里卖命。"

"你并不老啊,弗里茨。"

"你猜一猜。"弗里茨做了一个怪相,用手指尖擦着自己的鼻子。

大卫思考着。弗里茨不可能有蒂莉阿姨那么老。否则他就会领养老金,而不必在这里耍弄扳手了。"五十?"他问道。弗里茨突然大笑起来,差一点儿没有掉到坑道里。他把双手往头上一拍,骄傲地说:"你真会开玩笑,小家伙!六十二岁!"

大卫吃了一惊。这已经不是他第一次猜错一个成年人的年龄了。不是猜得比实际年龄老了,就是太年轻了。而蒂莉阿姨算是最狡猾的一个。用她的化妆术和假发套,可以把自己打扮成任何年龄。

他们只顾说话,而没有察觉到一个年轻人走进了院子。只是当他把两个手指放在嘴里吹口哨时,他们才转过头去看。"斯坦,"他喊道,"斯坦。"随即威胁地指向一扇关闭的窗子。"快滚出来,"他吼道,"快露出你的臭脸,你这个胆小鬼!"

"或许,你最好还是离开这儿。"弗里茨轻声说,"这个夜猫子烦死我了。"大卫躲到了弗里茨的身后,弗里茨用胳膊搂住他,使他动弹不得。

一个大个子从房子里走了出来。大卫觉得他的长相有些像电视里的人物。

两个男人并不说话,只是相互盯着对方,笑着。但他们的笑却让人害怕。一切都是那么快。大卫觉得好像空气都在飞快地移动,像被巨大的冲击波推动着。两个男人突然动起手来,狠狠地,一言不发。每当拳头相互击中时,就会发出空荡的劈啪和砰砰的响声。

弗里茨推着大卫缓慢地向后退去,把大卫推到汽车后面。"你待在这里不要动,小家伙。"然后,他果断地走向两个斗殴者。

不要,不要,大卫想。

弗里茨说:"别打了,够了!"

弗里茨还没来得及多说一句话,其中的一个猛地转过身来,向他打去。

"不要!"大卫听到自己在喊,"不要!"

两个打手愣了一下,朝弗里茨看了一眼,然后就一起跑出了院子,就好像他们刚才根本没打过架似的。

弗里茨躺在油污的地上,双手捂住脑袋,呻吟着。

大卫立即跑了过去,跪在他的身边:"弗里茨!我是不是把蒂莉阿姨找来?要不要去请医生?"

"啊,没事。"弗里茨抓住大卫的手,"我马上就能站起来。他对我发起突然袭击,所以把我打倒了。"

"疼吗?"

"可以这么说。"弗里茨先把腿抽回来,然后是胳膊,他请大卫把他拉起来。"多使点劲儿,小家伙。"

可大卫并没有费什么劲儿,弗里茨是自己站起来的。从他的鼻孔中流出了两道鲜血。他用胳膊把它们抹掉。

"这就是我们平安舒适的北郊,小家伙,"他说,"当然不是每时每刻。只是当那些家伙精力过剩,想松松筋骨的时候。"

大卫的下颚开始颤抖了。他尽量把它压下去,但它却开始扩散,穿透了全身。他吓得全身发抖。

弗里茨抱住了大卫。"现在才开始有感觉了吧,小家伙?我心里和你一样在发抖。我们还属于较温和的那种人。但这样也不错啊。"

尽管他还疼得厉害,但仍然坚持要把大卫送回家。"我要把你交给你发疯的阿姨。她肯定会用魔法把你的发抖治好的。"

他们紧紧靠在一起,走出了院子。大街突然变得危机四伏了,人们都在奇怪地激烈运动着,每个人都是自顾自。

弗里茨一直等到蒂莉阿姨开门。看起来,似乎没有什么可以使她惊慌失措的。她的目光从大卫扫向弗里茨,又扫回来:"我很为你担心。你至少应该给我留个纸条,孩子。"她把下嘴唇伸向前去,面孔出现了皱纹。

"你看起来好像是有人把肚子里的空气给放了出来。"

弗里茨用手抚摩了一下大卫的脑袋。"或许就是这样吧。"他向蒂莉阿姨点了点头,手扶着栏杆,小心地走下台阶。"我的空气也给放走了。"他说。但这听起来似乎还有一点儿执拗的味道。

大卫休息了好一会儿,才给蒂莉阿姨讲述两个家伙打斗的情景,以及拳头打击的声音是如何可怕。

蒂莉阿姨气愤地把眼睛眯起来。"他们相互打斗,因为他们语言不能沟通,这就是愚蠢和沉默的后果。"

他们紧靠着坐在蒂莉阿姨房间的沙发上。房间里散发着脂粉和香水的气味。蒂莉阿姨走动的时候,裙子会发出沙沙的响声。约翰内斯时而鸣叫几声像样的歌曲。"小鸟在安慰你。"蒂莉阿姨说。

晚上,蒂莉阿姨请大卫去波希米亚酒馆吃晚饭。"治疗愤怒和忧伤最好的食品,就是小丸子汤,而不是那种被人称为忧伤食品的大土豆丸子。可尼克——波希米亚小丸子,可以安神舒意,柔和而温暖地填饱肚子。"

她说得不错。每次到这个酒馆,蒂莉阿姨都会坐到屋角那张桌子旁,她可以和店主讲布鲁诺话,然后品尝美味的可尼克,大卫觉得这道菜从来就没有这么好吃过。这是安神丸子,而不是忧伤丸子。

第 五 章

美丽的女歌手

蒂莉阿姨一直陪伴他入睡。"我留在这里,你就不会做噩梦了。"

她打开电脑,看到电脑对她表示欢迎,感到很高兴。大卫曾教她用电脑写信,现在她已经学会了。尽管,像她说的那样,她的信有时会在这个倒霉的箱子里消失不见,不论你用什么魔法,它都不会再出来。

大卫仰面躺着,双手放在脑袋下面,用眼角斜着看蒂莉阿姨如何打字。

只有写字台上的灯还亮着。

下午的可怕遭遇,使他很疲惫。他闭上眼睛,进入了梦乡。

他在一条长廊里奔跑着,长廊越来越窄,越来越黑。刚才他还和什么人说过话,看起来像是弗里茨,可又不是弗里茨。他很焦急,很不安,而且跑得越来越快。或许我应该喊弗里茨,然后,真的噩梦来了,一个可怕、令人作呕的噩梦。

走廊两侧的墙,不断向他逼近。它们奇特地闪着亮光,就好像是有油污从上面淌下来。长廊没有尽头,但他听到了脚步声。他想喊,但突然想到,在梦中是无法喊叫的。

突然,从墙壁里长出了胳膊和长着黑毛的大拳头。他想站住,但他的腿却不由自主地朝着那些从墙里冒出来的大拳头跑去。它们相互打了起来,发出劈啪和砰砰的声音。他深深吸了一口气,因为他有点儿喘不过气来。他想喊,但只是在心里:不要!不要!这时,一只手握住了他的手。它很温暖,这不是可怕长廊里面的手。它开始温柔地抚摸和按压。

Tante Tilli Macht Theater

我只是做了一个梦,他的脑子突然想到。他还睁不开眼睛,但吸入的空气里,却有蒂莉阿姨的香味。

恐惧还一直压着他的胸口,他小心地把腿弯起来。"蒂莉阿姨?"

"当然,这里坐着的是奥戴莉·韦威尔卡,或者叫蒂莉阿姨,把你从噩梦中拉了回来。"

他眨了一下眼睛,让光线进去少许,然后猛地睁开:蒂莉阿姨坐在床沿上,露出了他还从来没有见过的微笑。面颊上的红润是真实的。"你回来了吗,大卫?"她弯下腰,"我知道,你肯定会梦见白天的斗殴的。暴力对我们的想象力和情感是有害的。它会让我们恐惧,或者更严重时,孩子,我们也会变得恶毒和残暴。但我们两人不会这样,我是这样认为的。"

"我是这样认为的。"大卫重复着这句话。

"我刚把你救出来,你就开始讽刺我。"

"不是。"他搂住蒂莉阿姨的脖子,把她拉近自己。

"留神,孩子,不要把老蒂莉阿姨的脖子拉断了。"她挣脱出去,站了起来。"或许你会梦到你的父亲,或者你的母亲,当然更好是梦到你的女朋友葆拉。"

她关上电脑。"你的房门我给你开着,这样我就能够听到你的声音。相信我,我睡觉时,连老鼠的悄悄话都能听见。晚安,大卫。"

走到门口,她又停住了:"明天是星期六,你愿意什么时候起来都可以。不要忘了,我们明天去看歌剧。或者你还有什么另外的打算?"

"没有。"

"那好,意外的事情总是会发生的。"她喃喃地说了一句,把房门留了一个手掌那么宽的缝隙。

"布鲁诺语晚安怎么说?"大卫在她的身后喊道。

"Dobrou noc!"她不是在说,而是在唱。

大卫好像一夜都没有做梦,至少他不记得做了什么梦。天已经大亮,没有闹钟,更没有蒂莉阿姨把他赶下床来。

不知在哪个房间,他听到了蒂莉阿姨的声音。她大概在自言自语,又或者是在和约翰内斯聊天。如果母亲在家,早就会来看他了。大卫伸了个懒腰,考虑着,是不是要多躺一会儿,或者悄悄去卫生间洗澡,不要惊动蒂莉阿姨。

但她还是先行了一步。有人在抓挠大卫的门,这只能是她。有时,他想,她还真是烦人。

她捏着嗓子学猫叫:"我是小猫咪朝乐,想请你吃午饭。"

大卫气恼地把被子蒙在了头上。蒂莉阿姨推开门,唱歌般地说:"你好吗?没有再做噩梦吧?"

大卫躲在被子里面。"我想吃早点,"他说,"不想吃午饭。"

蒂莉阿姨这回是谁也挡不住了。她把窗子打开,一股九月的寒气吹进了房间。

"早点你早就错过了,孩子。午饭也没有什么特殊的东西。今天晚上小汉斯要唱戏,还有亚库毕奇。我还得想一想,晚上穿什么衣服。"

"午饭吃什么?"

"意大利罐头蒸饺,孩子,再加上精选的正宗巴马干酪。"

大卫走向卫生间,背后感到一阵寒意。"把窗子关上吧,求你啦!"

"好,我关。大卫,只要你在被窝里感到舒服就好。"

他不想再回答她什么了。蒂莉阿姨也不再和他说话。到了下午,葆拉突然站到了门口:"你好,有时间吗?"

"其实没有,"他想这样回答,但还是让她进来了。在这之前,他和蒂莉阿姨飞速吃完了意大利蒸饺。蒂莉阿姨必须为晚上做准备。"我穿什么好呢?"她叹着气,开始了时装表演。她先后穿了三件衣服给大卫看,身体左右转动着,并把他拉到走廊的大镜子前面。三次他都赞不绝口,但蒂莉阿姨还是没有决定今天晚上到底穿什么。

"我和亚库毕奇已经好几年没有见面了。我不想在她面前显得太老。"

"你本来就不老。"

"哈,你是在撒谎,大卫,为了让我高兴。"

准确地说,他确实是为了她而撒谎。为了能够使她安静下来。

现在,他希望,葆拉的到来能够使蒂莉阿姨的表演和咨询告一段落。正在这时,她从屋子里走了出来,十分高兴来了一位迷人的女客,并立即全部占有了她:"你觉得怎么样,你想吃一块点心,喝一杯可可吗,葆拉?大卫也可以参加。"

大卫急忙喘着气说:"葆拉是来找我的,而不是找你,蒂莉阿姨。"

"那又怎么样?"蒂莉阿姨尴尬时,总是居高临下地看着别人说话。"这和吃一块点心有什么关系?"葆拉喜欢大家都在争夺她。她微笑着,两条腿左右晃动着。

当然,还是蒂莉阿姨取得了胜利,在她的房间招待客人。

葆拉很吃惊。"这里简直和电视里一样。"

蒂莉阿姨却激烈地反驳说:"不是这样,只是有点儿像剧院的舞台!"

葆拉立即收回了自己的看法:"是的,正是这样。"

大卫有点儿生气。他和葆拉坐在沙发上。蒂莉阿姨

跑向厨房。"马上就好！马上就好！"

大卫侧过脸看着葆拉。冻得通红的面颊和蓝色的高领毛衣，与她的黑发特别相配。他喜欢她，不是一直喜欢，但现在喜欢。她就坐在他的身边，双手放在膝盖上，正在好奇地看着蒂莉阿姨的招贴画和图片。

"你妈妈什么时候回来？"

"很快。后天,星期一。"

"蒂莉阿姨一直住在你家吗?"

"是的,从我开始记事时起。"

沙发中间有一个凹坑,所以他们不知不觉地就滑到了一起。他感到了她的体温。葆拉没想躲开他,他也尽量不去碰她的身体。

蒂莉阿姨从厨房端来一个托盘,笑着点头说:"你们看,我说什么来着,真是可爱的一对。"

每当她这样的时候,大卫就想把她送到月球上去。她就是不能闭上嘴。但如果因为这个和她吵架,她就会不解地问:"我又怎么你了,孩子?"

她给大家倒了可可,分了小蛋糕,然后坐下。这时大卫才发现,她已经穿上了带有斑点的牛仔套装。大卫觉得这有点儿不太正经。

她靠在沙发上,用手巧妙地玩弄着杯子,开始和葆拉聊天,把葆拉的家底都问了个遍。

大卫也从中知道了很多他还不知道的事情。

葆拉的母亲离了婚,现在有一个男友,但却不能替代父亲。

葆拉惧怕体育老师威莫尔,因为她老是向她吼叫。

葆拉觉得大卫的班级特别棒,尽管她才刚来半年。

她很愿意到大卫家来,因为她自己家的房子太小

了。

过了一会儿,他不再听葆拉说话,而是感到了葆拉的身体在动,他觉得十分舒服。

可可喝光了,小蛋糕吃完了。他们像被拴住一样坐在沙发的凹坑里。

终于,蒂莉阿姨发出了起身的信号:"起来,起来!"她自己一下子跳了起来,把桌子碰得直摇晃,上面的杯子发出哗啦啦的响声。"你可能已经从大卫那儿知道,我们今天晚上一起去听歌剧。"她向葆拉解释说,"今天晚上有我的两个老朋友登台演出。"

她抚摸了一下葆拉的面颊,轻轻揪了一下:"我们以后还会重复这样的可可聚会的,如果大卫不反对的话。"

他实际上有点儿反对,但却保持了沉默。

蒂莉阿姨使劲儿把房门在他们身后关上。他们突然像两个被驱逐的人一样站到了走廊里。葆拉想拉大卫的手,他却想把手撤回来,但最后还是屈服了。是她开始的,他想。

"你喜欢去看歌剧吗?"

"我不知道。"

"你的蒂莉阿姨和别的女人完全不一样。"

"是的,她有时脑子不太正常。"

"这我不相信。"

他放开她的手,打开大门。"再见。"他说。

葆拉飞快地跳下了台阶。

在前往歌剧院的地铁车厢里,蒂莉阿姨的话语就像瀑布一样不停地涌出,这一举动吸引了所有乘客的注意力。她给大卫讲歌剧的内容,有三个重要的人物将登台亮相,这三个人他都必须记住。所有的情节都发生在很久很久以前,但这样的事情今天也会发生的。三个主要人物中,一个是公爵,一个是可怜的小丑,名字叫利哥莱托,第三个是小丑的美丽女儿吉尔达。"我的朋友小汉斯扮演利哥莱托,而海伦娜·亚库毕奇则扮演吉尔达。你必须特别注意她的演唱,她的声音跟天使一样。当然,如果她还有这种嗓音的话。"

去年,他们就曾到这里演出过。那是一部莫扎特的歌剧。大卫早已忘记了歌剧的名字。

在他身边高谈阔论的蒂莉阿姨使他意识到,要做好思想准备,迎接一个漫长的夜晚。他不禁要问,那些盯着蒂莉阿姨看的人都在想什么?是不是把她当成了一个疯子?

夜晚的歌剧院就像是一艘闪光的大船,只不过是用玻璃和水泥制成的。他从蒂莉阿姨那里知道,几年前这里曾发生过一场大火,是一个疯子放的火,并不是因为他反对歌剧,而是因为他反对那些对他不友善的人。"有

人会因此而烧掉一座歌剧院，"蒂莉阿姨开始发表哲学言论了，"也有的人，只要能喝醉就满足了。"

一踏进歌剧院，蒂莉阿姨立即变成了另外一个人。大卫觉得她突然变得高大起来，而且不知为什么，她开始光彩照人了。几乎每个人，不论男女，都认识她。票房的女售票员，存衣间的小姐，门口验票的先生，大家都高兴地向蒂莉阿姨问候。并不是所有的人都叫她蒂莉，有几个人叫她韦威尔卡夫人。

他们的座位在第五排。蒂莉阿姨并不急于坐下，她先是向周围巡视一番，对前后左右的人点头致意。然后她请大卫帮她拿一下她看戏用的小手袋，只是拿一会儿！她必须把裙子整理好。但她做得很从容，最后终于坐下。这时大卫才被允许坐下。

"这是最好的座位，"蒂莉阿姨得意地说，"不完全靠前，和指挥及舞台都保持一定的距离，绝对正确。"

大幕拉开之前，乐队开始演奏，指挥不仅不断挥舞着胳膊，而且还不时跳起来，就好像脚底下着了火一样。

大幕拉开了：大卫看到了一个房间，可能是公爵的居室。家具都不是真正的家具。不知是哪个木匠活儿还没有干完，就扔下不管了，又或许是到演出前还没有完工。演员在台上唱的歌，他一个字都听不懂。可能必须要这样。蒂莉阿姨给他讲过，作曲家朱塞佩·威尔第是个意大利人,所以他为之谱曲的故事也是意大利文。

公爵唱意大利文,激动地在台上走来走去。然后又出现了其他演员,和公爵的穿戴差不多,他们有时交叉着唱。突然,公爵气愤地对着一个始终在他周围蹦跳的驼背唱了起来。这个驼背,估计就是利哥莱托了。

每当指挥跳起来的时候,蒂莉阿姨的身体总要在座位上动一下,她对大卫耳语说:"妙极了,这是小汉斯!一个绝顶聪明的利哥莱托。"

原来这就是她的小汉斯。大卫想,他是不是在现实生活中也是个驼背?反正他的声音比公爵低沉许多。

如果蒂莉阿姨知道,我更喜欢那些"流行歌星"的曲调,而不是威尔第的音乐,那她肯定会很难过的。他想着想着,就在这嘈杂的歌声中进入了梦乡。蒂莉阿姨全神贯注地观看,没有注意到大卫已经睡着了。

中场休息时,又有很多人向他们打招呼。蒂莉阿姨在剧院是很有名气的,大卫很为她感到骄傲。他打定主意,下半场不再睡觉。

他没有完全做到,又昏昏沉沉进入了半睡眠状态,尽管蒂莉阿姨的女友正在唱吉尔达。吉尔达是利哥莱托的女儿。公爵说自己爱她,却对她很不好。

吉尔达确实很美,她的声音大卫也很喜欢。利哥莱托吼叫着,十分激动和气愤。

Tante Tilli Macht Theater

53 蒂莉阿姨的魔法箱

歌剧的最后,吉尔达死了。可大卫却无法解释为什么,因为他没有把戏看全。但他绝不能去问蒂莉阿姨,否则她就会长篇大论地给他讲,而他却还是听不明白。观众像发疯了一样鼓掌。蒂莉阿姨呼哧呼哧地擦着鼻涕。

她在两排座位中间推着大卫往前走。"我们到后台去看望她,这个可爱的亚库毕奇,必须好好儿夸奖她一下。"

蒂莉阿姨推开了贴有"禁止入内"字样的门。没有人阻拦她。

"现在,孩子,我们已经到了最神圣的地方。"蒂莉阿姨满脸放着光。在她的鼻尖上还挂着泪珠,就像是房檐上的水滴。"这就是我的家,我从前的家。"

走廊里面有四扇门,上面都挂着书写不同姓名的牌牌。"这都是艺术家的房间,他们的化妆室。"蒂莉阿姨在其中的一扇门上敲了两下,她十分激动地眨着眼睛。

一个响亮的声音传了出来:"请进。"蒂莉阿姨推开了门,她立即忘记了大卫,发出了一声尖叫,一个女人跳了起来,俩人拥抱在一起。"小蒂莉!这真是个惊喜。"那个女人又喊了几次"小蒂莉"!

大卫被忘在一边。他好像被预订的货物,放在那里没有人来领取。他希望两个女人能够很快安静下来。

这就是歌剧中的吉尔达。门口的牌上写着:海伦娜·

亚库毕奇。

"这是你带来的吗?"大卫听到了这句话,两只散发着香味的手抚在他的头上,额头上还得到了一个意外的香吻。

"这是大卫。"蒂莉阿姨介绍说。

她觉得这就够了。"坐下吧。"

蒂莉阿姨坐到一张躺椅上,大卫坐到一个凳子上。他好奇地打量一下四周,惊奇地发现了桌子上的化妆盒,和蒂莉阿姨那只一模一样。只不过不是黑色,而是鲜红的。"一只化妆盒!"

蒂莉阿姨点了点头:"我们每人都必须有这么一个。"这就是她对大卫说的唯一一句话。从这时开始,两个女人就开始聊了起来。回忆过去,相互唱一段小曲,骂几句愚蠢的导演和指挥,不断地说"你还记得吗"。而他,却被遗忘了。

于是他就有时间去欣赏吉尔达了。按照蒂莉阿姨的说法,应该是崇拜。这样说也并不错。他觉得吉尔达确实应该崇拜。看她是如何动作,如何说话,如何笑。他甚至渴望再得到她的一个吻,并想象着,如果被她拥抱,会是什么样的感觉。

"该结束了!"蒂莉阿姨说。

"但愿很快再见!"吉尔达唱歌般说道。

周围的空气似乎都在簌簌作响,散发着脂粉和香水的味道。

他们乘出租车回家,因为蒂莉阿姨在这么晚的时间怕坐地铁。"现在到处都是流氓和酒鬼。"她解释说。

到家后,大卫立即消失在浴室里。"我累得要死,蒂莉阿姨。"

"说累得跟狗一样,不是更好吗,大卫?"

"这是一样的。"

他赶快刷牙。脸,他不想洗了。他仍能感觉得到额头上那个香吻,就像是一只蝴蝶落在那里,不再飞去。

第六章

红灯时一切都变了

他很难从疲乏中恢复过来。蒂莉阿姨已经敲了几次门,最后还向屋里喊:"早上好,瞌睡虫。"他感觉身体很沉重,就像是一个大铅块,其实他今天应该高兴才是:母亲今天回来。

他闷闷不乐地在走廊里摇晃着,蒂莉阿姨差一点儿就碰倒了他。她奇怪地摇摇头:"我终于明白什么叫睡不醒了。"

他把自己关在浴室里,但时间已经很晚,现在他得加快速度了。

吃早饭时,他不需要说什么,因为蒂莉阿姨一大早就向他提供了足够的新闻:"我和你相反。昨晚睡得很不好,两小时以前我就起来忙活了。邻居弗罗未因先生从楼梯上摔了下去,响声很大,和打雷差不多,我也不知道是为什么。整个房子——喏,所有的人好像都从床上起来了——一个个激动异常,但他却没事儿。你肯定已经看到,我给你准备了一个晴朗的天空。但愿你不要忘记,今天你母亲回家来。放学后不要在路上耽搁太久。"

她说起话来没有逗号和句号,大卫的头脑也变成了一团乱麻。蒂莉阿姨睡觉是怎么回事?弗罗未因为什么从楼梯上摔下来?她给我准备了一个什么样的天空?

"你听我说话了吗,大卫?"

他指了指正在嚼东西的嘴,背上书包,已经跑出了门外。

天空真的是被蒂莉阿姨准备得很好:没有一丝云彩,全部是柔和的蓝色。太阳也出来了,就像夏天还没有过去。

今天的课程不像往常那样拖拉,它们过得很快。这

也是蒂莉阿姨的功劳。大家都在谈那天的会面。罗登布鲁克先生在德语课上留出了一部分时间,重复蒂莉阿姨那天表演的内容,但却缺少幽默和风趣。

布鲁诺问大卫,他能不能为他搞来一个蒂莉阿姨的签名。他当然不是唯一对此有兴趣的人。全班都有这个愿望,甚至包括罗登布鲁克先生。

课间休息时,葆拉不离他的左右。"我能不能到你那儿去做数学作业,今天下午?"她问,声音很轻,好像在谈一件什么国家机密。"我妈妈病了,她不想有人打扰她。"

大卫用鞋在沙土地上趟了一道槽。"我不知道。我妈妈今天回来,而且……"

"对不起,我把这给忘记了。"葆拉小声说。

"最好是明天。"他想安慰她。

"那好吧。"她没有动地方。即使大卫不说话,她也觉得没关系。

放学后,他立即离开教室,不想让葆拉跟上他。他喜欢她,喜欢和她一起学习和聊天。他也喜欢她拉住他的手,但他不喜欢她像一条锁链一样缠在自己身上,使他无法做自己想做的事:和布鲁诺及格雷戈尔玩纸牌,或者交换电脑游戏;或者自己蹲在校园的一角,不和任何人说话。他也不喜欢听葆拉说,她爸爸每两个星期带她外出一次,还请她吃一顿大餐。他暗地里嫉妒她,她至少每个月可以见到父亲两次。可是自己呢，每年最多只能见到父亲四次。何况他的父母还不像葆拉的父母已经离异。

几乎所有的人都朝着地铁站方向走去。很少有人朝相反的方向走。大卫随着大溜走。阳光很温暖，让人十分愉快。他走得很舒畅，没有人和他相撞。

在火车站旁的地铁站台阶上，坐着一个流浪汉，让他的小狗站立跳舞，并鼓着掌鼓励说："真棒，高加索！"

大卫停住了脚步，看了一眼，并鼓起勇气，问那个满嘴酒气的老头儿："它真的叫高加索吗？那不是一座山吗？"

那个人伸了伸腰，先看了看小狗，然后看了看大卫："你叫什么？"

"大卫。"

那个人突然大笑起来："你也不是国王呀。不是《圣经》里的大卫王吧？"

大卫觉得这个不太合适。他是绝不会给狗取山的名字的，比如：布朗克山。尽管他的钢笔就是这个牌子。

他告别了老头儿和小狗。当他再次回头看的时候，那只小斑点狗高加索又开始跳舞了。

他在高台大街车站下车。虽然从这里回家要比从玛丽广场稍远一点儿，但他可以沿着山居大街回家。这是

Tante Tilli Macht Theater

61　蒂莉阿姨的魔法箱

这座城市最美的一条街道。他很熟悉这个地方,熟悉这里的人和商店。在街角的土耳其人那里,他有时会买一套克巴饼夹肉。夏天时,可以在意大利冷饮店买一份冰淇淋。他每次都在袜子商店的橱窗前站一会儿,各式各样的长袜和短袜,各种显眼的颜色,各种奇怪的花色,只在这里才有。

或许母亲已经在家里等我了,他想着,把地上一只空啤酒罐朝着前面一个女人的屁股踢去,那个女人双手拎着沉重的塑料袋保持着平衡。还没等她转过身来,大卫早已从她身边跑过。

突然,噩梦开始了。他像被钉住一样站在那里,屏住了呼吸。对面走过来一个人,正是那个在院子里打架,并把弗里茨打伤的那个家伙。大高个儿,皮夹克的领子竖立着,迈着轻盈的步伐。人们都躲着他,大概大家都感到了他的恶意。

大卫的呼吸变得急促了,脑子里顿时充满了各种恐惧的问题:他如果认出我,会怎么样?但他在院子里根本就看不清我的样子。我应该站住,还是应该去看橱窗?我应该跑吗?

他跑到行人中间,弯下腰,如果碰到了谁,就说声对不起。他拿不定主意是应该下地铁,还是应该穿马路。他不敢回头看,然后决定穿过马路。"站住!"他听到有人

喊,"红灯,不能过去!"

他继续跑,突然看到了一个黑影向他冲来。他听到一阵尖锐的嘶嘶声,黑影撞上了他,他被高高抛起。他想呼吸,但已经没有了力气。天空旋转了起来,蓝得厉害,嘶嘶的声音吞噬着他的脑袋。

不要!不要!

他觉得自己掉进了马路里,身体穿透了土地,进入了一个深渊。距离他的母亲、蒂莉阿姨、城市、学校、距离一切的一切越来越远。

突然世界变得绝对寂静,就好像只有他一个人的存在。他睁开眼睛,看到一张面孔就在他的眼前。面孔在膨胀,越来越宽,越来越模糊。"他活着。"面孔说,他的声音轰鸣着,像是来自一个高音喇叭。"他活着!"他又陷入了黑暗之中,他害怕并且疼痛,但黑暗不允许他喊叫,虽然他很想这样做。

第七章

一封比电报还快的信

"大卫!"一束刺眼的白光射入他紧闭的眼帘。他还不能动弹,剧烈的疼痛把他包围起来。母亲在喊他。这大概是很久以前的事情了。他开始思考,但思绪却无法进行到底。无数问题在他的脑子里盘旋着,但却得不到任何答案。他实在太累了。

"大卫!"他轻轻眨了一下眼睛,又立即闭了起来。

母亲的声音从很远的地方传来。他想回答,但脑子似乎被一堵石墙隔断。他的手还可以自由活动,他感觉到一只大手拉住他的手,抚摸着,小心翼翼地揉搓着。他熟悉这只手,尽管没有看见,也可以感觉到这是一只骨节分明、细细长长的手,而且还戴着两枚戒指。

大卫强睁开眼睛,听到了自己在呻吟。光线像一片白云笼罩在他的上方。他想把头扭过来,但却动弹不得,似乎已经牢牢固定在脖子上,所以他只能看那刺眼的白云。白云逐渐变得透明了,就在白云中间是母亲的面孔。他一下子感到很热。他尝试着微笑,但感到嘴的周围和眼睛下面胀得厉害。母亲的脸越来越近了,她的呼吸温暖了他的面颊。她的嘴唇在活动。"大卫,"她说,"我在这儿。"她吻了他一下,就像是一丝哈气。

从侧面又有一张面孔进入了他的视野,这是蒂莉阿姨,戴着一顶只有星期天才戴的黑色锅形帽。或许今天是星期天,他想。

"喏,"蒂莉阿姨说。光是这个"喏"就使他很舒服。

"喏,你醒了,孩子。"

就像商量好了似的,母亲和蒂莉阿姨突然呜呜地哭了起来。

母亲拿出一块手帕,擦去落在大卫脸上的泪珠,然后又抹去自己和蒂莉阿姨脸上的眼泪。"我们只是很高兴。"她轻声地说。而蒂莉阿姨仍和往常一样以她的方式响亮地说:"我必须说,我们的喜悦是没有边际的。"

两个熟悉的面孔突然消失了,另一个陌生的面孔出现在眼前。"我是马特斯医生,大卫。"大卫想点头,但没有做到,可是却听到了自己的声音。他可以说话了!"好。"他说。好像有什么东西在他的身体里开始融化。"好。"他又说了一遍,声音大了一些。这回不是医生,而是后面的蒂莉阿姨在说:"他说话了!我跟你们说过,这孩子坚强得很。"医生微笑着赞同她的话,"她说得对,你的确很坚强,尽管受了很严重的伤。你还疼吗?"

"还可以。"他甚至说了一句完整的话,当然是很短的一句。

"这我可以想象。"医生说,他的眼睛周围出现了一丝微笑。"如果太疼的话,你必须告诉我。不要逞英雄。"

英雄!这个词开始膨胀,变得越来越大,他的眼前又出现了山居大街上那个家伙,就像是从电影院里出来的英雄正在朝他走来,迈着轻盈的大步。"请不要。"他说。

医生把手放在大卫的额头上。"你太累了,大卫。闭上眼睛睡一会儿吧。你的母亲和蒂莉阿姨都会留在你身边的。"蒂莉阿姨的声音好像从很远的地方传了过来:"睡一会儿觉,对你没有坏处。"

"没有。"他轻声说,心里很高兴,她们两人没有离开,而是留在了他的身边。

我曾向汽车冲去,就因为那个家伙,我才把头撞到了汽车上。他闭着眼睛看到了天空在旋转,他也跟着旋转。

"他又睡了。"母亲说。蒂莉阿姨补充了一句:"他会健康的,我的好孩子。"

过了一会儿,睡魔终于全部占有了他。

"父亲知道出事了吗?"不知是什么时候,他终于又开口说话了。

他无法计算时间。因为他总是睡觉,所以把日夜都弄混了。但这对他已经不重要了。

"给父亲打电话了吗,母亲?他回来吗?"

他把头埋在枕头里,看到母亲很尴尬,但又气愤地寻找着该说的话。她把目光转向蒂莉阿姨求助。

"我和他通过话了,"母亲说,"他正在考虑何时飞回来。由于他圣诞节期间有假期,所以他现在不想中断工作。飞机票是很贵的。"

她不敢正眼看大卫,每个字都使大卫难过。父亲为什么不干脆搬到巴西去,让我们彻底安静下来?还有,母亲为什么老是屈服呢?她为什么不反抗?

蒂莉阿姨把病房变成了住房。护士小姐给她搬来一把舒适的椅子，她可以坐在上面打瞌睡。母亲不能完全放弃剧院和她的服装制作工作，所以蒂莉阿姨骄傲地担负起照顾大卫的使命。当然不仅照顾大卫，同时也照顾和他同住一间病房的乔纳斯。乔纳斯刚刚七岁，也是出车祸受的伤，比大卫早两天。他的父母只能晚上来看他。所以，蒂莉阿姨也和他聊天，但不幸的是，这个孩子沉默寡言，很少讲话。

有时，蒂莉阿姨说的话前言不搭后语。她站在窗前，看着外面，不停地讲着什么，比如外面一辆救护车正吼着警报开来——"你们听到了吗？"或者，一个老妇人正被抬进医院。"我担心，她是被雷电击中了。"然后她会立即说："刚刚还打了闪，现在是十月，你五月过生日，真是幸运。"

马特斯医生的上司格鲁伯教授，常常被她的话所吸引，查房时几乎没有时间看大卫和乔纳斯，只和她一个人说话，赞叹她的假发皮桶，并称呼她为"尊贵的夫人"，然后就离开了病房。

但马特斯医生却不受她的影响。"如果没有您，韦威尔卡夫人，"他一边小心地检查大卫的胸部，一边说，"如果没有您，这两个石膏娃娃肯定会悲伤死的。"他说得不无道理。

母亲只要有时间就会来看大卫。

Tante Tilli Macht Theater

69　蒂莉阿姨的魔法箱

蒂莉阿姨上午就开始扮演她的蒂莉角色,下午还继续下去,然后到了晚上再消失。"现在我得回我的小窝了,亲爱的。"

乔纳斯这期间也习惯了这一切,但他却几乎不说一句话。他只是听着,睁着圆圆的大眼睛,然后老是睡觉,如果蒂莉阿姨表演得特别滑稽,他也会偶尔笑一下。

几天来,她一直给大卫朗读《皮袜子》。大卫有时忘记部分情节,但他敢肯定,这是蒂莉阿姨瞎编的。她故事中的纳蒂·布泊,也就是那只皮袜子,比书中描写的要活泼可爱得多。

"我必须让你们两个打起精神来。"蒂莉阿姨说。她的办法就是让两个孩子常常听得目瞪口呆。

有一次,她表演她自己的一生。她站在两张床的中间,左手拿着化妆盒,右手拎着假发皮桶,然后提高声音解释说:"你们这两个石膏娃娃千万不要以为,我就是你们熟悉的蒂莉阿姨,这个老疯婆。如果你们这样想,那就大错特错了。"她没有继续说下去,只是在大卫和乔纳斯面前深深鞠了一躬,就离开了病房。

她真会变魔术。刚刚出去,却又突然出现在房间。每次都是另一副面孔。

她蹦跳着进来,全然不顾她患有严重的风湿病。

"我现在刚刚十六岁。"她宣布说。她的金发束成一

条长长的马尾。脸上散发出青春的气息。鲜红的小嘴唇变得越发圆润。"我还在上学。这是战争时期,希特勒还统治着德国。人们被关在集中营里。我妈妈在剧院唱歌剧,爸爸不唱,但我必须在他们面前表演唱歌。我们当时没有吃的,到处都在扔炸弹。但我很乖,一直到中学毕业。同时也在一位著名的女教授那里学习美声,当时就希望能够成为大人物,就像摩天大楼那样大。"她又鞠躬,然后离开了病房。

刚刚出去,立即又出现在房间里。这次她的样子很吓人。大卫和乔纳斯都把床单拉到了鼻尖上。

她的头发蓬乱地竖立在头上。美丽的大眼睛深藏在黑色的眼窝里,甚至连面颊都已塌陷,嘴唇变得薄薄的。她的声音尖厉而嘶哑:"你们看,事情发展得这么快。时间刚刚过去了不到二十年,战争结束了。希特勒给我们留下的,只是废墟、死亡和无数饥民。我和妈妈从布鲁诺前往德国。为了不受别人欺负,妈妈让我装成痴呆儿。我现在表演的就是她。这对我来说并不难。我很饿,很悲伤,也很害怕,几乎怕每一个人,特别是大兵,但我已经知道,唱歌的事情不会有什么结果了。"

乔纳斯几乎完全躲到被单里,害怕地问道:"你还是蒂莉阿姨吗?"

蒂莉阿姨的面孔发生了变化,真实的脸从面具中显现了出来:"你看啊,孩子?一切都是演戏。这就是我一生学到的东西。"

大卫也尝试安慰乔纳斯:"只有蒂莉阿姨不是假的,其他都是。"

可是,蒂莉阿姨却不想就这么简单地结束。她的面孔闪电般地萎缩了起来,又变成了灰色:"如果你这样认为的话,大卫。"

然后她又消失了,很快再次出现。这次的她光彩照人,绝顶的美貌,是舞台上的一位女王。在她的红头发上点缀着晶莹的宝石。她的眼睛闪烁着绿色的光芒,面孔上搽着一层白色的脂粉,从红色的大嘴里唱着意大利歌曲。

"你们看!少女终于成功了。她站到舞台上,可以演唱了。她表演辛酸的夫人、美丽的公主、农家的新娘或者黑夜的王后。她四处巡演,当观众鼓掌欢呼的时候,她沉浸在幸福之中。一条真正的金鱼,她叫蒂莉。直到她的声音开始发颤,直到她再也得不到好的角色,直到她终于明白,她已经不能再唱了。只是因为她没有戏剧就无法生活,蒂莉就对自己说:如果不能在舞台上面,那么至少可以在舞台底下。"

她又走出房间,马上又回到病房。

这次,她已经是大卫和乔纳斯熟悉的蒂莉阿姨了。

Tante Tilli Macht Theater

但她却在鼻子上架了一副窄窄的眼镜。"这就是我,提词员奥戴莉·韦威尔卡。"

乔纳斯当然不明白,什么是一名提词员,大卫想。

蒂莉阿姨不给大卫时间向乔纳斯解释。她缩在那张椅子里,用她的胳膊架成一个小屋檐,是个半圆形的屋檐,然后活动着嘴唇,对着上面的灯光和那个假想的舞台。"我跟着唱所有的唱段。如果他们忘记了台词或歌词,我就唱给他们听,但声音很小,不能让观众听到,但又必须大到演员能够听到。"

她把眼镜从鼻子上拿下来:"其实我平常阅读时并不需要这个东西。这你们知道!只有在我那个黑暗的小屋时才需要它。"

她伸了伸腰,又坐到了椅子上:"表演结束了。"她想跳起来,但风湿病好像又在袭击她的关节。她呻吟了一下:"真见鬼。我本来想像电视里大明星那样伸开双臂,用激动的声音高呼:这就是我的一生!"

她小心翼翼地坐回到椅子上。

大卫每天都接受马特斯医生的检查。他必须把伸在石膏外面的脚趾弯曲一下。然后把头向两侧摆动。这很疼,就好像他的脖子用螺丝拧在了身体上——像木偶匹诺曹那样。

医生安慰他说,很快就会过去的。

蒂莉阿姨几乎跟着做每一个动作,只差把袜子脱下去弯曲脚趾了。

马特斯医生给她以专业的夸奖:"您为您的侄子确实投入了很多时间。"

她随即对医生说:"确实,准确地说,我们并没有血缘关系。大卫是我朋友的孩子。"

医生并不理会这些:"那我就更要感谢您了,韦威尔卡夫人。"

医生笑着离开了病房。下面轮到母亲值班。她急促地喘着气："我是抽空赶来的,我并没有多少时间,下星期就要首演了。我真不知道,演员们为什么胖得这么快。我得不断给他们修改演出服装。"

"一向如此。"蒂莉阿姨赞同地说,"紧张的时候,他们的胃口就像是无底洞一样。我也这么干过,现在我又开始瘦了下来。"

但大卫现在应该强壮起来。母亲从手袋中拿出一块巧克力,这是大卫特别喜欢吃的食品。蒂莉阿姨疑惑地打量着说:"其实,这种东西是会伤胃的,而且对牙齿也不好。"

这回他可不再听蒂莉阿姨的了,而是坚定地站到了母亲一边。蒂莉阿姨马上就宣告投降,小声说:"不过,东西不多,他还是可以消化的,但愿如此。"

"父亲写信来了吗?"他问。

"我和他通了电话,"母亲小心翼翼地靠近床边,"不过我已经给你讲过了。"

"父亲为什么不给我写信?"他看着被单问。

他听到母亲从远处传来的回答:"邮件不会这么快的。他曾向你问候,并且希望你能尽快康复。他就是这么说的,这些我都告诉过你了。"

他把被单拉过了头,母亲很难听到他的声音。"汽车差一点儿就把我撞死了,而父亲却留在巴西不回来看我。医院里也有电话。如果我是他,就会立即坐下一班飞机赶回来。"

母亲的手伸进被单寻找他的手。"我得走了,大卫。"

蒂莉阿姨在椅子里转了半个圈:"我得和你母亲一起走,孩子,两个或三个小时以后再回来看你。"

两个女人一走出房门,乔纳斯就向大卫转过身来,用胳膊支起身体说:"我也想有这样一个阿姨。"

"但这是我的。"大卫骄傲地回答。

"因为她是到我们的病房来,所以也有一点儿是为了我。"

"但不是作为阿姨。"

"当然不是。"乔纳斯的声音一直很轻,因为他说话还很吃力。"我的父母总是晚上才能来看我。"

"可至少你的父亲也跟着来。"

乔纳斯又躺到了枕头上,闭上了眼睛。

"是啊,"他说,"是这样。"休息了一会儿之后,他又补充了一句:"你能把邮票送给我吗?"

"什么邮票?"

"就是巴西邮票。如果你收到你父亲来信的话。"

"你集邮吗?"

"我想集邮,就从这枚巴西邮票开始。"

"没问题。"

大卫决定,蒂莉阿姨回来之前,先睡上一觉。乔纳斯已经像只小老鼠那样打起鼾来了,他一睡着总是这样。

"可惜天气越来越不舒服了。"蒂莉阿姨昨天曾预告说,"夏天结束了,天气越来越凉了。现在你可以看到,在医院里住上几个星期有多好。对你来说,刮风下雨都无所谓,可我却必须走路来看你这个石膏娃娃,弄得全身都松软了。"她当时使劲把湿漉漉的大衣脱下来,大衣缝隙发出嘶嘶的响声。

可今天却完全不同了,她觉得夏天又回来了。"太阳今天如此慈祥地照耀着我,我甚至感觉到,夏天的雀斑都从鼻子上长了出来。如果这样继续下去,它们还会长出硬头儿的。"大卫一眼就看出,她今天来没有带化妆盒和假发桶。这是第一次,所以她看上去好像缺少点什么。

"你的化妆盒呢?"

蒂莉阿姨看了一眼空空的手,把它握成了拳头。"你以为我把它忘记了吗?"她从桌旁把椅子拉过来,靠近大卫的床边,然后很慢很慢地坐下来。

大卫很清楚,她肯定有什么特殊的事情让他惊喜。她把一个小皮包放在膝盖上,双手交叉在上面。

大卫抓住头上方的横杆,把自己拉起来。他这样做仍然很吃力,胯部和大腿上的石膏使他的动作很不灵活。

"不要这么用力,孩子。"蒂莉阿姨摇着头警告说,并把皮包打开。"我给你带来了东西。"

大卫试图把自己拉起来。

"躺在那儿别动,我求你了。这样就可以了。"她从包中拿出一张折叠的纸,把它展开,脸上做出一个表情,似乎要宣布一项重要的信息。

"快说吧!"

"你父亲来信了。"

她把那张纸交给大卫。大卫看了一眼。"看起来,好像是用我的电脑写的。"

蒂莉阿姨把皮包合上。"你以为,人们在巴西还会用鹅毛笔或铅笔写字吗?是谁教会你使用电脑的?是你的父亲,快看看吧。"

蒂莉阿姨生气时,总是用鼻子大喘气。"看吧!"她再次要求。

"我亲爱的大卫,"他开始读信,对这种庄严和亲昵的称呼感到有些奇怪。或许车祸使父亲很震惊。"你母亲和我通了电话,你可以想象得到我的感受。我的大卫骨折后躺在医院的病床上,而我却在遥远的巴西。但这还是不幸中的大幸,你母亲这样认为。但愿如此!!!"

他为什么在这里写三个惊叹号呢?大卫心想,其实

应该是我这样说才对。他感到了蒂莉阿姨的目光,但他没有看她,继续读了下去。

"我常常想念你,我也在进行思考,我们在一起的时间确实太少。你三岁时,我就开始常驻国外工作。我休假时,却总不是在你的假期。这一切都必须改变,我会去努力的。但不会一夜之间就改变,相信我会很快做到。这我很清楚,因为这对我们都好。希望你早点儿恢复健康。你的父亲。"

他读信的时候,蒂莉阿姨越来越把身体靠近他,以至她的头发都触到了他的脸上。

他把信拿到一边。"你真是太好奇了。"

"可我知道信的内容,大卫。"她这样说,就好像看别人的信是很自然的事情。

有时,就像现在,大卫会对她很生气。"偷看别人的信是不道德的。"

"偷看?!"她生气地瞪起眼睛。她又在演戏了。

"是的,偷看。信是给我的,只给我一个人。"

"只不过,我亲爱的、激动的孩子,他把这封信放到了给你母亲的信里面了。"

大卫抬眼看了看天花板。一只小蜘蛛正在他头上方爬行。如果它吊在蛛丝上向下坠的话,就可能正好掉在他的额头上。但它却继续往前爬去。父亲的信给他带来快乐,但同时也使他感到难过。他不喜欢这样复杂的感觉。

"我可以得到邮票吗,蒂莉阿姨?"

"什么邮票?"

"我父亲信上的邮票。"

他闭上了眼睛,听着蒂莉阿姨衣服发出的刷刷响声,就像是游乐园中鬼怪洞里的幽灵。

"你从什么时候开始集邮了,大卫?"

旁边的乔纳斯轻声而坚定地说:"大卫要把它送给我。"

这句话竟然使蒂莉阿姨陷入了不可思议的激动之中。她喘着粗气,发出了一种像汽车喇叭一样的声音,最后不停地使劲儿晃起头来。

大卫和乔纳斯观看着这场意外的表演,一言不发,有些不知所措。直到大卫有些害怕了,他想拉住蒂莉阿姨的手。"是真激动吗,蒂莉阿姨,还是你又在演戏?"

他的问题立即使她镇定了下来。她的眼角开始皱起,变成了微笑。"我必须请你们两个男孩原谅。有时我会因为一些小事情,突然变得疯狂起来。其实完全没有必要。你们刚才看到了。就因为一张愚蠢的邮票。"

她眼角上的皱纹又平整和紧绷了。"邮票没了,"她说,"我把信封塞到垃圾桶里去了。"

乔纳斯轻声安慰她说:"这也没有什么关系。大卫的父亲还会写信来的。现在您已经知道了,我想集邮。"

但下一封信上却没有邮票,因为它是父亲发来的一封电报,母亲在中午急速地送到了医院。"电报员来了!"她在病房门外就喊道,以便向大卫、蒂莉阿姨、乔纳斯和正给大卫换枕头套(他吃早饭时把牛奶咖啡洒在了上面)的玛格丽特护士发个警报。

玛格丽特护士把枕头放下。乔纳斯抻长了脖子。大卫喊道："给谁的？"

蒂莉阿姨突然从椅子上跳了起来，就好像椅子坐垫突然变成了滚烫的灶台。

母亲这段时间很少这么高兴过，她从外面带进了一股清风，脸上放着光芒，迈着大步走到大卫跟前，把电报塞到他的手上。"父亲给你的！"

两行字的电报跳入了他的眼帘。一大堆问题突然在他的脑袋里乱窜了起来——确实是父亲发来的吗？从巴西来的电报？可他为什么还要写一封信呢？又为什么信比电报还快？

电报上的字逐渐清晰起来："亲爱的大卫！我的思念在你的身边。把头抬起来！万事如意。很快就会见面。你的父亲。"

他轻轻地念着上面的每一个字，大家都虔诚地聆听着。他接着向母亲和蒂莉阿姨提出的问题，好像是电报的继续："一封信比电报还要快，这是怎么一回事？"

他没有得到回答。蒂莉阿姨真的是疯了。她伸开双手，在地上旋转着身体，并口吃着说："嘿、嘿、嘿……"然

后抓住母亲的大衣腰带,拉着她离开了病房。

玛格丽特护士仍然拎着枕头角,乔纳斯躺在那里像是惊呆了。这种激动人心的场面,他还从来没有见过。

大卫把电报捂在胸前,就像是一块胶布,现在他已经不再感到吃惊了。门外,蒂莉阿姨和母亲急促地交谈着,但大卫听不清任何一个字。时间过得相当久。玛格丽特护士终于换好了枕头套,把枕头塞到大卫的头下,然后离开了病房。外面突然变得一片寂静。

过了一会儿,蒂莉阿姨和母亲走了进来,带着红红的面孔和懊恼的表情。母亲只是为了和大卫告别。"信为什么快过了电报,蒂莉会给你一个解释的。"她说。

如果她对蒂莉阿姨特别生气的时候,就只称呼她"蒂莉"。她吻了一下大卫的额头,向乔纳斯招了招手,出了门,然后砰的一声,相当使劲儿地把门摔上。这是大卫的感觉。

蒂莉阿姨又恢复了原来的样子,她开始解答大卫刚才的问题:"事情是这样的,人不应该对任何事情都感到吃惊,我就是这样。巴西的电报员忘记了把电报及时发出来。你知道,那里的天气很炎热,他干脆就忘记了。不知到了什么时候,他又想起了这件事,但那封信却走在了它的前面。"

这个解释当然又是一个瞎编的故事。突然,蒂莉阿姨的眼睛发起光来，整个身体紧绷着："我有个主意，孩子。我将从教授那里得到许可。我要推着你参观整个医院。就坐在轮椅上。或许我们还可以去看望其他的孩子。在这个房间里，我觉得实在是无聊。你大概也是这样想的。喏，你觉得怎么样？"

"你在骗人，蒂莉阿姨。"

"你难道不能说点别的吗，孩子？"

第八章

葆拉的探望

阳光照进了病房,躺在病床上的大卫,觉得自己好像是游荡在光线当中。

"你们千万不要受骗,外边冷得很。"

蒂莉阿姨仍然缩着身体坐在椅子上,打着瞌睡。乔纳斯还在睡觉。

国际大奖小说

突然葆拉站到了门前,就像是画框中的一幅肖像。她穿着方格图案的大衣,一顶小红帽戴在乌黑的头发上,手中拿着一小束鲜花。她看着大卫,一动不动。大卫看着她,也一动不动。他怕只要一动,那画面就会消失不见。

"葆拉?"他非常轻地问道。然后再问一次:"葆拉?"

葆拉一步步走近大卫,腼腆地说了一句:"你好,大卫!"

他没有做梦。这确实是葆拉,真正的葆拉。只是比平时更庄重一些。

"你好,葆拉。"

乔纳斯睁开了眼睛。蒂莉阿姨立即看清了形势,马上想用极大的热情向葆拉表示问候。大卫及时地制止了她的行为:"葆拉需要一只花瓶放她的鲜花。"

这是蒂莉阿姨没有想到的。她点了点头,又摇了摇头,说:"欢迎你,孩子。"说完这句话,就离开了房间,向葆拉抛去一个微笑,向大卫抛去一个有些恼火的目光。

大卫用手拍了拍床沿。"坐下吧。"

阳光比刚才更加明媚。

"你的石膏?"她吃惊地望着大卫的被单。

大卫笑了,把被单掀开。"看到了吗?"

"是的。"她根本没有仔细看,耸了耸肩膀,问道:"我能把大衣脱掉吗?"

"就搭在蒂莉阿姨的椅子背上吧,她会去处理的。"

葆拉终于在床沿上坐了下来,但十分小心。

他很高兴,但喜悦却使他不知道该说些什么。"你好吗?"他问。

"很好,"她回答,"你呢?"

"我也很好。"

她第一次看着他的眼睛,有些犹豫,也有些疑惑。

"真的,我现在已经好多了。"他一直还能感觉到葆拉从外面带来的寒气。他本来想问,为什么现在才来看他,而不是前些日子。葆拉向床里面移动了一点点,靠近了石膏。"还疼吗?"

"有时候,但已经不太厉害。"

"你冲着汽车跑了过去,是吗?"

"是的。"

"可为什么呢?"

"我不知道。"

现在他有些烦她了。为了说清这个问题,他得给她讲那个愚蠢的故事。当时他很害怕,可她是不会理解的。"谢谢你的花。"

"这是全班同学送给你的,我们大家都捐了钱,是罗登布鲁克先生派我来的。"

简直不敢相信。她之所以来,并不是因为她想知道他怎么样了,也不是为他担忧,甚至不是因为她很喜欢他,不,她是班里派来的。

他深深吸了一口气。

葆拉也深深吸了一口气。

在最后一刻,他还是放下了想挖鼻孔的手。

"你什么时候才能再上学？"

他真想回答："根本就不去了。"

但他还是给她讲了最后一次检查的情况。"前天我做了透视。教授认为，我的骨头愈合得很好。腰部已经不必再上石膏了，胯骨周围的石膏也少多了。"

"真好。"葆拉的左手不安地抓挠着床沿。为了小心起见，大卫把手抽回到被单里面。

他们又在寻找话题。蒂莉阿姨冲了进来，手中摇晃着一只花瓶。"你们坐在这里，就像是两只小鸽子。"她又响亮地唱着说，"真可爱！"但她并没有发现，两只鸽子显得有些尴尬。

蒂莉阿姨像旋风一样把花瓶灌上水，把花插了进去，最后在窗台上找到了摆放花瓶的合适位置。在把葆拉的大衣挂在衣服钩上后，终于又回到了她自己的固定席位。

"好啦！"她合起双手，打量着大卫和葆拉。

大卫松弛了下来。他敢肯定，蒂莉阿姨马上就会把葆拉全部占有。

第九章

拿破仑是个小个子

这一天，医院里的生活几乎和每天一样，只是几乎。因为，早上不是玛格丽特护士把他叫醒，而是伊萝娜护士。玛格丽特护士正在休假。伊萝娜护士也和玛格丽特护士一样友善和细心，只是笑容少了一点儿。

乔纳斯夜里呕吐了，尽管他吃的东西和大卫一样。

窗子打开着,屋子里很冷。虽然吹进了不少新鲜空气,但房间里仍然散发着一股酸味。乔纳斯脸色苍白,痛苦地躺在枕头上。任何安慰都无济于事。

伊萝娜护士和大卫安慰他,说这一切都不是他的过错。乔纳斯自责地望着天花板,一句话也不说。

马特斯医生把头探进来闻了一下,说他马上就来查房,但又立即消失了。"不要灰心,你们两个石膏娃娃。"他向他们喊了一声。大卫觉得他这样做很蠢。

乔纳斯早点只能喝茶。

大卫也觉得今天送来的果酱面包不好吃。

和往常一样,整八点,母亲和蒂莉阿姨登场了。蒂莉阿姨没有带化妆盒和假发皮桶,而且还说这"完全正常"。她几乎没有化妆,头上是"真正的头发"。但她把前额的一绺白发染成了红色。她总得要稍微调皮一点儿才行。

母亲吻了一下大卫的额头,问候了乔纳斯,并发现他的脸色是如此的苍白。

乔纳斯没有说话。大卫替他回答:"他夜里吐了。"

"就像是一只白鹭。"刚刚走进病房的伊萝娜护士补充说。

蒂莉阿姨晃晃脑袋想了一下:"喏,呕吐的白鹭,其实就是说说而已。反正还没有一只这样的白鹭撞到我的枪口上。"

"枪口上?"大卫吃惊地坐起身来。

什么问题都难不倒蒂莉阿姨:"如果真有呕吐的白鹭,那我就可以去打猎了。"

母亲深深吸了口气,伊萝娜护士咯咯笑了起来。她还不习惯开口大笑。

蒂莉阿姨开始为自己布置环境。她把椅子搬到靠床近一点儿的地方,从手袋里掏出了《皮袜子》。只要医生、护士和其他来访者不打扰她,她就要朗读故事了。"否则,你们可能要把我们的童子军纳蒂·布泊给忘掉了。"

母亲说,她曾去过学校。所有人,包括校长都问了大卫的情况,并向他问好。大卫把手伸到母亲手里,终于提出了这些天来他一直思考的问题:"我还能够回到我的班级吗?教授说,我还得到疗养院住一段时间,以便能够早点儿恢复,重新走路和跑步。他不知道,这需要多长时间。"

母亲迟疑了片刻说:"我们所有的人还都不知道下一步如何安排,到时候就会有结果的,大卫。"她握了一下他的手,或许是绝望,或许是安慰。但她却忘记了蒂莉阿姨。"伊尔莎!我求你啦,你净说些没用的话。我会帮助大卫。我可以给他指导,或者为他补习英语。葆拉会告诉我上课的情况,然后我们就会共同学习,我和大卫。你

觉得怎么样?"

老实讲,那就是不怎么样。但他不能让蒂莉阿姨失望。"或许行吧,"他说,"只是数学你不行。"

蒂莉阿姨可不是那么容易就认输的。"数学?"她拉长了脸。"我当年数学特别好,到现在,我也很会计算,尽管我的养老金很有限。"

母亲又开始有些不耐烦了。"这和计算是两回事。"她说。

蒂莉阿姨却不受她的干扰:"喏,我倒是看不出和大卫的数学有什么不同。"

"我们可以试试嘛,母亲。"

母亲走后,蒂莉阿姨从口袋里掏出了一张照片和一封信。"真正的惊喜我还没有拿出来呢。否则你母亲又会为我的卖弄生气了。"

照片上是活泼的约翰内斯,蒂莉阿姨的虎皮鹦鹉。

"我的小约翰很想念你,所以用它的歌声向你致意。"蒂莉阿姨小心翼翼地把照片放在了床头柜上。"如果你突然想飞的话,就把它拿起来看一看。或许它会给你法力的。"

"那么这个呢?"大卫指着那封信问。"又是一封我父亲的信吗?"

蒂莉阿姨把信按在自己的胸口上,微笑着说:"不,这不是你父亲的信。他工作那么忙,不会老给你写信的。但这确实是一封信,而且来自一位女士!"她胜利般地提高了嗓音,满面红光,眼睛周围的皱纹像一个花环一样堆积了起来。"来自一位伟大的艺术家、歌唱家——海伦娜·亚库毕奇!"

"给我的?"

"是的,给你的。"她庄重地把信交给了大卫。

他朝信看了一眼。"她也有电脑吗,蒂莉阿姨?"

蒂莉阿姨笑了。"不,她写字就像涂抹,她的笔迹就像一堆苍蝇屎,所以我昨天晚上不得不把它翻译过来。我求你把它看完。难道伟大的海伦娜白给你写了吗,你这个面包渣儿?"

"我不是面包渣儿。"

"不是,你是个细声细语的大英雄。"她把椅子又向前移了一下。"要我给你念吗?"

"我可以自己看。"

他读道:

亲爱的大卫:

看你都干了些什么?!你肯定不如汽车结实。愿你尽快康复,我希望你和蒂莉很快能来看我。我没有忘记你,孩子。我很喜欢你。目前我正在维也纳演出,后天就飞往

纽约。但我在旅途中也会惦记你的。只要有时间,我就会再给你写信。吻你。你的海伦娜·亚库毕奇。

"喏,怎么样?"蒂莉阿姨问。

"信封在哪儿?"大卫问,这句话又把蒂莉阿姨问住了。她先是摇了摇头,然后用手掌拍了一下额头。"我真该把我的头发都揪下来,我把信封扔了。我知道,你为什么要这样问。是为了信封在封死前吹进去的那口仙气儿。"

她思索了一下,然后点了点头说:"喏,你真是把我给搞糊涂了。但我们根本就不要考虑这个问题。吹到信封里的仙气儿,反正在开封时都会跑掉。海伦娜没有想到,我开信封时也没有想到。我们只好认命了。"

"你会把原信带给我看吗?"

"当然,只不过你看不懂。"

有时和蒂莉阿姨谈话真是累。他闭上了眼睛,希望蒂莉阿姨能让他安静一小会儿。她再没有说话。大卫听到她把椅子往后移动,然后是翻开书本的声音。病房里十分安静,直到格鲁伯教授一声响亮的"你们好吗,两位年轻的先生?"从门外传来。紧接着就是一群白大褂,医生和护士们拥了进来。

蒂莉阿姨被请到外面等候,然后大卫被左右摆弄着。教授把他从仰式翻转成俯式,然后让他小心地把腿弯起来,尽最大可能。然后让他抬头,也是尽最大可能。

教授说话的声音很响,完全是医学名词。有时大卫听懂一个"好"字,或者"已经好多了"。

马特斯医生把这些都一一记录下来。伊萝娜迅速把便盆移到一边去。

左左右右,高高低低地移动,使大卫很吃力,有时也有些疼痛。然后,教授突然弯下身来,靠近大卫轻声向他传递着一个秘密信息:"如果你折断的小骨头还像现在这样好地愈合起来,那我们很快就要把你的石膏拆掉了。然后你就需要去一家康复医院,我们已经给你联系好了。在那里,你很快就可以学会重新走路、跑步、跳跃了。当然还可以游泳。"

大卫看着教授厚厚镜片后面的灰色眼睛,不知该说什么才好。

教授提醒他:"你不感到高兴吗?"

他至少可以用一个词来回答:"当然。"

他们离开了他,转向乔纳斯。同样的程序再来一遍。最后,教授弯下腰说:"先生们,祝你们愉快。"然后带着一群人离开房间。

蒂莉阿姨肯定好奇地在门外偷听了里面的情况。格鲁伯教授差一点儿和她撞个满怀。"啊,是您,我亲爱的

夫人。"大卫听见教授说。

尽管有人轻轻关上了房门,但教授的声音仍然可以听得很清楚。这可能是因为他经常讲课,所以声音很响。他请马特斯医生和其他人先去巡视病房,他亟须和韦威尔卡夫人说几句话。

大卫听见格鲁伯教授说:"没想到,他的骨折愈合得这么快。这确实是令人高兴的。只是……"他停顿了相当长的时间,"只是您必须做好思想准备,我也请您转告他的母亲:孩子的骨骼发育可能会受到影响。您明白吗?"蒂莉阿姨没有说话。或许她不想明白,但大卫已经明白了。

教授继续平静地、稍微小声一点儿地说下去:"当然也可能有转机。这孩子本来个子也不太高,让我们等待奇迹发生吧。"教授告别了蒂莉阿姨,用了一句"尊贵的夫人"。她先是叹了一口气,然后向教授喊道:"再见。"

成年人就是这样,总喜欢在他的背后耳语、密谈和协商。特别是发生严重问题的时候,甚至涉及了他,而和其他人毫无关系的时候——就像现在。他把头转向一边,看了一眼乔纳斯。他正闭着眼睛,或者至少是装成这样,就好像他什么都没听见似的。没有听到,大卫·劳赫,十二岁,今后将是一个矮子、一个残疾。他真想把石膏撕开,然后从床上跳下来。他想死。

蒂莉阿姨还没有进来。或许她在考虑,如何跟大卫转达教授刚才说的话。大卫没有听到她在外面来回走动的声音。她肯定在走廊里,像生了根似的站在那里一动不动,而且拉长了一张可怕的脸,使大家都不敢在她面前走过。也可能她已经悄悄溜走了。

房门轻轻打开了。蒂莉阿姨轻轻走了进来,脸并没有拉长,而是微笑着。大卫绝不想再看她演戏了。特别是现在。他抓住头上方的横杆把自己拉起来,把身体靠在枕头上。乔纳斯是不是能够听见,对他已经无所谓了。

"我觉得这根本就不可笑。"他气愤地拼命拉着横杆。

蒂莉阿姨为之一震,脸上的笑容立即消失。她一步步靠近床边,手中拿着一块手帕。"大卫,你……"

大卫等待着。他突然觉得蒂莉阿姨很可怜,而不是自己。他真的特别爱她。

她没有坐在椅子上,而是坐到了床沿上。"喏,"她说。然后再重复一次:"喏。"她已经准备做长篇演说了:"好,我不想欺骗你,也不想做任何美化。你已经听到了一切。"她把手放在大卫的嘴上。大卫闻到了搽脸油的香味。"不要说话,现在让我说。我,蒂莉阿姨,十分愚蠢的阿姨,每天在照顾你们两个石膏娃娃。如果只是这样,我还能坚持下去,但如果没有了乐趣,喏,当然还没有到这

一步。好吧,简单地说,情况不太好。格鲁伯教授是个有礼貌有风度的人,他向我解释,你今后身体的发育可能会有些问题。你有可能最后是个矮个子,这我并不太在乎,我的孩子。因为我也不是一个巨人,这样我至少还有几年的时间,可以不费力气地拥抱你。而且——你不要说话,大卫,现在让我说话!而且,教授也还认为,不排除发生一个不大不小的奇迹,你仍然会像芦笋那样疯长。好,你如果觉得有必要,现在该轮到你说话了。我先得在你额头上亲一下。"

大卫没有拒绝这个亲吻。他决定不回答刚才的演说,也不为淌下的泪珠感到羞耻。蒂莉阿姨托起了他的脸,用手接住了他的泪水。

晚上母亲快来之前,蒂莉阿姨打破了沉默说:"我回家后再告诉你母亲,反正我和她总得沟通一下,你觉得呢?"

他觉得也是这样。

夜里,他做梦了,梦见一群小人——就像格列佛的小人国,用微小的铁镐和斧头把他身上的石膏砍碎,他已经可以毫无困难地离开病床了。小人在床头柜下面拉起一根绳索,绳索越来越长。他们拉着绳索,来到窗前,沿着下面的墙壁往窗子上攀登。窗子自动打开。他们把绳索垂到外面,另一端在床上拴牢。走吧,一群小人齐声说,听起来就像是吹来一阵微风。走吧!大卫爬上窗台,抓住绳索,顺着外墙滑了下去。非常快。越是接近地面,他就变得越是矮小。最后他变得和抓住绳索的手一样小。他喊叫,但他自己听不见。他惊醒了,用手去摸石膏。它们还在。

第十章

护理员内波穆克

"喏，我们现在已经进入十一月了。"蒂莉阿姨说，"现在已经是乘轮床穿行医院的时候了。"

大卫其实很怕听到这个计划，所以一直很高兴，因为蒂莉阿姨已经好久没有提这个问题了。这和十一月有什么关系，他无法解释。或许蒂莉阿姨知道是什么缘由。

格鲁伯教授已经宣告,大卫的石膏下周就要去掉了。所有这一切都使蒂莉阿姨很兴奋,甚至比大卫还要兴奋。"你母亲和我,我们要陪你乘红十字汽车去康复医院,你可以想一想,或许还可以响几声警报器呢。"

"你净瞎说,蒂莉阿姨。"

"喏,如果是瞎说,那也是个令人高兴的瞎说。"

大卫的脑子里充满了忧伤,怎么也无法摆脱。比方说,他又想起了,他可能发育不正常,或许成个小矮人;想到了父亲,可能又会寄一封信来,但最终会抛弃他、母亲和蒂莉阿姨;想到了母亲,即使坐在他的床边,思想也常常会飞向远方。只有蒂莉阿姨没有变化,还高高兴兴地坚守在阵地上,但有时她做事又太出格了,就像现在……

她飞快地走出房间,说要去找一下教授,但很快又像触电一样跑了回来:"现在可以走了。我们只需要和马特斯医生打个招呼,然后再请玛格丽特护士帮个忙。"

她像旋风一样做完了这些事。马特斯医生像预约好了一样,已经来到了房间,而不是找来的,他站在那里观望着,玛格丽特护士和一名护理员把大卫放到一张有轮子的病床上。没有什么人能够抵御蒂莉阿姨的能量。她把假发皮桶和化妆盒关起来,还想再出去一次。

马特斯医生挡住了她的去路:"稍等一下,韦威尔卡

夫人,"他口吃地说,"我请求您。这是件很严肃的事情。您当然不能随便闯入任何一个房间,绝不能去观察室。"

蒂莉阿姨不耐烦地耸了耸肩膀,想从他身旁走过去。"当然不会,难道我是个疯子?"

"不,不,"马特斯医生试图使她镇静下来,"玛格丽特护士将陪着您去。我们已经安排了孩子们在他们的房间里等候您的出现。"

"喏,如果您真的以为,我们必须在那里出现的话。"蒂莉阿姨现在正在兴头上。

"而且,午饭前您必须回来。"马特斯医生说。

但他没有得到回答。蒂莉阿姨已经蹦跳着走了出去:"我马上就回来。"马特斯医生觉得,最好等蒂莉阿姨回来。他显然担心会出什么大事。尽管如此,蒂莉阿姨还是做了一件大家都意想不到的事情。

有人敲门。"请进。"乔纳斯喊道,今天他扮演了一个观众的角色。

门打开了,在门口站着一个身穿长袍、头上光光的小丑,一张大得快到耳朵的嘴,白色的面颊,白色的下巴。

"这不可能。"马特斯医生轻声说。

"太奇妙了。"玛格丽特护士称赞道。

"真棒。"乔纳斯吃惊地说。

"蒂莉阿姨?"大卫问,并给了她一个说话的机会。

"请允许,我是护理员内波穆克,要带病人大卫·劳赫去参观,或者说去逍遥游,又或者进行考察。"蒂莉阿姨用一种尚未使用过的声音,低沉而沙哑。

内波穆克——其实就是蒂莉阿姨——用那双涂着黑圈的大眼睛巡视了一下房间,拎起一个彩色布口袋:"我们路上需要这个!"她请求玛格丽特护士和她一起推着轮床,并请马特斯医生让开路:"否则您会被轮子轧过去的,我亲爱的医生。"

刚才还有些担心的大卫,现在开心地从一个病区到另一个病区。他熟悉这一切,一切都是实实在在的:灰色的走廊、病房、生病的孩子、他们的护士和护理员,但这些又同时属于一个宏伟的、美妙的梦——这都是内波穆克的功劳。她打开门,把大卫推进了一个病房。

病房里的孩子们吃惊地坐在床上,一个个目瞪口呆。内波穆克向孩子们鞠着躬,把手按在胸前,先像一头熊一样吼了几声,然后开始了她的演说:"请允许,我的名字叫内波穆克。我是新的护理员。而躺在床上的这个人——"内波穆克指着大卫,"是我最爱的病人。我一刻都不能离开他。过几天,他就要脱掉石膏裤子和石膏袜子,然后就能跳舞了。但目前,他还只能在幻想里跳舞。我会帮助他的,我将接住他的梦和愿望。"

Tante Tilli Macht Theater

　　各张病床之间的地方并不大,但这对内波穆克已经足够了。而她自己却显得越来越高大起来,因为她既是护理员,又是小丑,同时还是蒂莉阿姨。她从布包中掏出一个微小的捕蝶网,在原地走动起来。身体时而伸展,时而蹲下,时而迈着大步,时而踱着小步,有时还要开心地尖叫一声。"我抓住了那个梦,一个小梦,但是一个好梦!"或者,"不,你不能逃跑,你这个又粗又圆的愿望。"每次当她用网抓到一个看不到的猎物时,都要跑到布包那里,把它塞进去。"你们都知道,"内波穆克说,"愿望是看不见的。梦呢,只有在熟睡的时候才能出现。可现在,你们却都醒着,是不是?"

到了这时,那些惊呆了的孩子们才开始动弹。他们点头,鼓掌,并且齐声喊道:"是!"一个勇敢的小女孩要求内波穆克专门为她抓一个愿望。内波穆克晃了晃头:"有的愿望特别难抓。"

她立即就开始表演了。她的动作越来越快,原地旋转着,向上跳着,摇摆着捕蝶网。突然,她跌倒了,是捕捉累倒的,她显得很难过,因为她没有抓到所追求的那个愿望。"呼!"内波穆克发出了蒂莉阿姨的声音,打开了布口袋,给每个孩子送一件礼物,那都是孩子们的愿望和梦想,有玩偶、书及各种游戏。

"再来一次!"孩子们喊道,"求求你再来一次!"

内波穆克深深鞠了一躬,把双臂垂下,然后又抬起来,摇了摇头,轻声说:"喏,这是不可能的,亲爱的孩子们。护理员内波穆克只在今天上午存在。然后就将永远消失,等待着你们去梦到她。"

内波穆克又在其他四个房间进行了表演。又四次用网抓住愿望和梦想,四次拿出礼物,孩子们又四次不想让她离开。

她的表演已经传遍了医院的各个角落,观众的数量越来越多。当她最后一次扬起捕蝶网,在一个病房中又蹦又跳又舞蹈时,格鲁伯教授也赶来观看了。

内波穆克再次鞠躬告别时,已经筋疲力尽。她把头上的光头假发撕下来,露出来半个疲惫的蒂莉阿姨,但她白色的大嘴和下巴却仍然是个小丑。

格鲁伯教授向她行了吻手礼。"您不仅使孩子们着了迷并得到了礼物,尊贵的夫人,同样也使我受益匪浅。"他说。

蒂莉阿姨和玛格丽特护士缓慢地推着轮床往回走。

"还不错,"蒂莉阿姨满意地说,"我们准时在午饭之前结束了演出。"

那当然,她的表演还远没有结束。"天啊,我把乔纳斯给忘了。"

乔纳斯下午自己看了专场演出。大卫也很高兴,再次经历捕捉愿望的内波穆克的精彩表演。无与伦比的内波穆克从彩色布口袋里拿出一本厚厚的《红色的佐拉》,送给了乔纳斯,给大卫一盒小丑化妆用的油彩,包括光头橡皮头套。

当她最后终于坐到椅子上时,大卫才发现她的手在发抖。他真想去抚摸她的手,但他没有这样做。内波穆克会生气的。

第十一章

石膏终于拆除了

大卫必须向格鲁伯教授保证,不告诉任何人,说他的石膏已经取掉了。"根据我对蒂莉阿姨和你母亲的了解,她们肯定会举行一场欢庆舞会,但这对你的健康并无好处。所以,我们要秘密进行。"

窗外的十一月,突然失去了它的灰色。太阳出来了,就好像想跳过冬天。乔纳斯情绪已经稳定了。再过两天，就轮到他去掉石膏了，只不过他不会被送到和大卫同样的康复医院。这使他有些难过，他将再也看不见蒂莉阿姨了。但他相信，蒂莉阿姨肯定知道方法，肯定会讲一个故事，让他们再见面。

在格鲁伯教授手下，石膏就这么无声无息地裂开了。

大卫有一种被什么圈起来的感觉。他的腿和肚子都感到了空气，他开始发冷，有些发抖。

"怎么样？有什么感觉？是不是一种终于被解放了的感觉？"教授问道。

大卫试图坐起来。但在手术台上方，没有他可以抓住往上拉的那根横杆。

医生的手小心地顺着他的腿向下按摩着，压一压，按一按。"很好。"他说，"你真是不幸中的大幸，孩子。"

"那我的发育呢？"大卫轻声问，他很奇怪自己竟敢提出这个问题。

两只大手停到了他的大腿上。"你真想成为一个巨人吗？你是不是有野心想当篮球运动员？你可能会成为拿破仑。"

护士在为他的大腿和身体涂油。很舒服，而且有香味。

教授为什么要提拿破仑呢？大卫把头扭过来，看着穿白大褂的瘦瘦的教授，问道："拿破仑是怎么回事？"

护士的油手拍在大卫的皮肤上，发出劈啪的响声。

格鲁伯教授坐在手术台旁边的一把椅子上，好像是大卫的问题把他推了一下似的："是这样，"他说，"拿破仑并不是一个高个子男人，但他却仍然震惊了全世界。"

大卫把腿往回收了一点点，但觉得很困难。"我现在能够站起来吗？"

教授随即站了起来。他用双手扶住大卫的左右两边，脸靠得很近，甚至可以感觉到他的呼吸，这是一种夹杂着烟草、薄荷、牙膏的混合味道。"你会摔倒的，就像是风中的芦苇。由于你这么长时间没有使用你的腿，所以肌肉有些萎缩。"

他又靠近大卫一点儿，镜片变得越来越厚，越来越厚。"不，关于站起来的事情，还得往后推一推。在康复医院，他们会教你如何走路的。只要你能够站立起来，那一切就会很快发展下去的。"

大卫从石膏中解放了出来，已经成了医院的一个话题，这是马特斯医生到处宣传的结果。这一天，很多人都来到大卫的床边，乔纳斯也感到很开心。有蒂莉阿姨、母亲、玛格丽特护士、葆拉以及作为意外惊喜的罗登布鲁克先生也来了，他带来了校长和全校的问候。

母亲还特意带来一箱康复医院需要的东西。

蒂莉阿姨给大家分发姜味软糖,但除了她自己,没有人喜欢吃。

葆拉带来了一束鲜花,她显得特别腼腆。罗登布鲁克先生的身上散发着强烈的刮胡水的味道,他走了以后,蒂莉阿姨尖刻地说,他是不是用这种水洗了澡。

玛格丽特护士负责准备庆祝宴会。她在医院厨房里拿来了一小桶冰淇淋,分给大家吃。

由于大家不知道说什么好,而且十分激动和兴奋,同时也有一点儿伤感,所以蒂莉阿姨讲了一个爱情故事。是她自己的经历,但又让人难以置信。

她讲的过程中,大卫和葆拉相互不断交换目光。为了今天,蒂莉阿姨头上戴了一个金色的假发套,假发上戴着一顶盆式小帽。

"好吧,在我的很长、很长的生活经历中,我曾多次热恋过,从头到脚热恋过。或者,准确地说,从帽子到鞋子。有时只是单相思。我不想详细讲述。我要讲的是那个在曼海姆歌剧院崇拜我的男人,但我却无论如何都无法接受他,我觉得他很臭。那好,我也必须让他感到臭才行。我当时很美,也很年轻,你们现在根本无法想象。我当时唱威尔第的《茶花女》,这是一部我全身心投入的歌剧。我必须说明,《茶花女》当然是一出爱情戏,讲述维奥莱塔和阿尔弗雷德之间的爱情。维奥莱塔患有肺结核，最后死去。其他你们不必知道。扮演阿尔弗雷德的演员看上了我。每次排练拥抱的时候，他就激动，想要吻我。我无法使他平静下来。他给我写情书，给我送花。第一次正式演出时，我特别害怕。那个家伙可能会用他那湿漉漉的小胡须对我进行骚扰。你们知道，我是如何解救自己的吗？我上台前先吃五瓣大蒜，结果把那家伙熏跑了。他甚至不敢呼吸，几乎无法开口唱歌。他有些恶心了，到了歌剧结尾处，他应该把我抱在怀里的时候，结果晕倒的不是我，而是他。喏，他差一点儿晕倒！你们可以想象，从此他再也不找我的麻烦了。"

她看着葆拉的眼睛，晃着头，头上的小帽来回摆动着："这当然是个爱情悲剧，你们当然不必去模仿。"

罗登布鲁克先生和葆拉都走了。母亲装好箱子，一再让大卫给她看去掉石膏的腿和肚子。玛格丽特护士已经把枕头清理干净。蒂莉阿姨又要变魔术了——按她的说法，是为了使这个美好的日子更加美好。她从手袋中又拿出一封信来。"是你父亲的。"

母亲向她抛去一个惊异的目光，想说点什么，但还是忍住了。

"亲爱的大卫，"纸上又是电脑打的字，"这里的天空下着倾盆大雨，我的思乡之情越来越强烈。你又能站起

来了吗？或许你已经开始练习走路了。你母亲在电话里告诉我，你还得去康复医院住一段时间。在这样严重的车祸之后，这是很自然的。我很可能圣诞节前回家。即将见到你和你的母亲，我很高兴。你的父亲。"

他读的声音很响。

"不，"母亲说，"这都是胡闹。"

"我请你不要这样。"蒂莉阿姨跳了起来，并摇晃着手袋。

"父亲肯定要回来，"母亲说，"他不打算永远留在那里。他将在这里公司的总部得到一个领导岗位。"

"那么信呢？"

母亲把手中的箱子放在一边，从危险的蒂莉阿姨身旁走开，然后说："反正早晚都要露馅儿的——这些信都是蒂莉写的。"

"我求你了！"蒂莉阿姨的帽子倾斜了。

"唉，蒂莉，"母亲向蒂莉阿姨迈了一步，抓住了她的胳膊。"是的，大卫，这些信都是蒂莉阿姨自己编出来的。为了爱你，这你明白。因为她无法理解，你父亲为什么只是打了个电话，而从不给你写一行字。"

"那其他的信呢？"

蒂莉阿姨的眼睛里充满了泪水，母亲把她的帽子扶正。"信是不是真的，难道就这么重要吗，孩子？"

她说得很对,这些信使大卫很开心。蒂莉阿姨真的帮助了他。

蒂莉阿姨和母亲又待了片刻,才离开了病房。是玛格丽特护士把她们赶走的。"我的夫人们,这么激动人心的一天之后,我的小病人需要睡觉了。"

真是这样。只不过他本来还想安慰一下蒂莉阿姨。

"晚安,乔纳斯。"

"晚安,大卫。"

第十二章

陷入困境

一周前，大卫更换了医院。母亲和蒂莉阿姨按预定计划陪同大卫乘急救车去新的医院。司机为了使蒂莉阿姨高兴，甚至打开了蓝灯和警报器。当然只是很短的时间，因为这终究不是紧急事故。新的康复医院是一座门前有宽大台阶的庞大建筑，当他们来到医院的大玻璃门前时,天下起了小雪。蒂莉阿姨用双手接住落下的雪花,母亲叹口气说:"她一辈子都像个孩子。"

大卫很快就习惯了周围的环境。和他一起住在一间明亮而喜庆的病房里的,还有雅格布和鲁茨。他们先是很谨慎地观察着大卫,后来熟了,鲁茨带他去轮椅赛车场。那里是一条宽宽的长廊,可以举行轮椅比赛,据说甚至出现过拐弯时一辆轮椅飞了出去的事件。

在这里,整天都有人帮大卫锻炼。他必须在一架梯子上练习引体向上,他必须游泳。他必须躺在地上练习在空气里骑自行车。他必须接受按摩和检查。为他治疗的年轻医生称赞他进步很快。他很快就能重新走路了!

大卫感到腿上又有了力气,当他从梯子上垂下,当他踢球和游泳时,也感到腿部的肌肉越来越结实了。

他第一次尝试走路时,鲁茨和雅格布都紧张地看着他。他先是扶着床沿把自己撑起来,脚在地上踏实,然后往上一撑,站了起来。他屏住呼吸,开始迈步。他迈出了第一步,第二步,转一个小圈,然后一下子又趴到了床上。他的两个病友欢呼了起来,赶紧叫来护士,于是,大卫也就被允许围着病床遛弯了。

"你终于成功了!"医生把他抱在怀里。

大卫已经等不及母亲和蒂莉阿姨来看他了。她们必须看他走路!必须看他走路!

Tante Tilli Macht Theater

医生允许他给家里打电话。在电话里听到了母亲的声音,他却不知道怎么说才好了。

"你怎么了,大卫?"母亲问。

"其实没有什么。"他说,同时望着自己的下身。她如果知道自己是站在电话机旁,会怎么样呢?

"那你为什么打电话呢?"

"我可以走路了。"他飞快地说。

"什么?"母亲一下子愣住了。

"是的,"他说,"我能走路了。"

"这是你第二次学会走路。"母亲的声音有些颤抖,"而这一次,大卫,是一个奇迹,是一个恩赐。"

"你们来吗?"

"是的,我后天去。蒂莉阿姨去不了,她在歌剧院有事。"

"可惜!"他说,"替我问候她!"

"我本来也想今天或明天给你打电话的。"过了片刻

国际大奖小说

她说:"父亲回来了——是前天回来的。"

"那你可以把他带来。"

"不,他想在家里欢迎你,大卫。"

"那他两个星期都看不见我了。"

"他就是这样想的。而且他的公司即使在这里也不让他清闲。"

"好吧,"他说,"再见,母亲。"

"回房间时要小心一点儿,"她说,"再见。"

他沉思着在走廊里缓慢地向病房走去。一些坐轮椅的病人大叫着躲开他。"嗨,大卫,小心点儿!"

他不明白父亲为什么这样。他们已经很长时间没有见面了。

晚上,大卫睡觉之前才发现,他身体里面的疼痛已经转移了。疼痛不再是腿部和胯部,而是压迫着他的胸

Tante Tilli Macht Theater

口。这是一种伤感,他无法完全摆脱这种感觉。但他所取得的进步,却可以帮助他转移情绪。他甚至可以跑起来,尽管不能持续很久。

一个护士请大家去图书馆,制作圣诞节用的各种装饰。

大卫用硬纸板剪了三颗大星星,上面贴上花纸,并让上面有些皱纹,可以反射光线。一颗给母亲,一颗给父亲,一颗给蒂莉阿姨。母亲没有说乘哪班火车来。从早上开始,他就一直不安地等待着。他比别的孩子起得都早,坚持进行了锻炼,但却不时离开游泳池,看看母亲是不是已经在等他。但她一直没有来,直到吃过午饭。这时他反倒镇静了下来,反正会有人把她送到餐厅来的。

她果然等在餐厅门外,跑的、走的、坐轮椅的孩子像洪水一般从她身边拥过。大卫早已忘记了他刚才还在生

国际大奖小说

母亲的气。

"你好,母亲。"

她把手放在大卫的肩膀上,很轻,就好像随时都会把手再抽回来。"你有什么安排吗?"

"我们小组一会儿要在图书馆集合,是阅读时间。但这种活动是不需要请假的。这是自由活动。"

"你可以散步了吗?"

他嘟囔了一个不太清楚的 "是的"。严格地说,他应该问一问医生才是。

母亲透过大玻璃窗望着院子。天空又积聚了厚厚的灰色云层,可能很快就要下雨或下雪了。

"拿着你的外衣和围巾。我们只绕几圈,这肯定是允许的吧,大卫?"

他穿过走廊往房间里跑的时候,脑子里想,母亲有些变了,有点儿激动和不安。

"你肯定会和从前一样灵活的。"当他又回到母亲身旁时,她高兴地说。

外面很冷,他把围巾围到了下巴上。

"留神,不要感冒。"

他听到的声音仿佛来自很远的地方。"我在一周的中间来看你,不是没有原因的。你可能已经想到了这一点。"

"是的,或许是为了父亲。"

"可以说是为了他。"

有时她会停下来,用手紧紧抓住大卫的胳膊。"给你解释这些,是相当困难的。"她又轻声说,像是来自远方。她停住了脚步,站到大卫的面前,看着他的脸。"我想简短地说,你的父亲表了态,他说,如果他留下来,蒂莉阿姨必须搬走。"

"什么?"大卫不明白她在说什么。他看着母亲,就好像有人在说他听不懂的外国话。

"什么？"

"我再说一遍，大卫。父亲不希望蒂莉阿姨住在我们家里。"

这句话他听懂了，而且是完全听懂了。

"为什么？"

母亲的脸上掠过了一丝忧虑。他很熟悉，这宣告着气愤或者眼泪。

"父亲不喜欢蒂莉阿姨。她不停地演戏使他的神经承受不了。他在外地时，还觉得蒂莉阿姨对我们有用，因为她终究给我们带来了欢乐，帮我们渡过了难关。而现在，她却成了你父亲的负担。"

"但这是不对的！"大卫喊道。

"是啊，其实是不对的。"母亲喃喃地说，"只是——你愿意父亲再一次离开我们吗？"

"不，但蒂莉阿姨也不能走。"

母亲把他的头拉近自己的胸口。她大衣上的一枚纽扣压到了大卫的额头上。

"我也是这样说的，"她说，"我得走了。现在你已经知道了我们的情况。"母亲吻了一下他的额头。

他们又回到了医院。

大卫望着母亲向大门走去，不是走，几乎是跑，而且越来越快。这或许是他的幻觉。几句话就改变了一切，一

Tante Tilli Macht Theater

切都突然变得不正常了。

"你怎么了?"一个护士问。

他跑回了房间,把自己扔到了床上。他无法集中精神把问题想清楚。他闭上眼睛,试图设想蒂莉阿姨正在干什么,或许她正在整理行装。可是,她能够搬到哪儿去呢?这么快她是找不到一个住处的。

他站起来,仍然穿着外衣,围着围巾。现在一切都清楚了,他打开书包,从里面取出母亲给他的住院时"以防万一"的五十马克,向雅格布和鲁茨点了点头:"我马上就回来。"然后,从容地穿过走廊,从门房面前走过,门房连看都没有看他一眼。他走下台阶,朝火车站方向走去。

第十三章

为蒂莉阿姨申诉

他走在一条十分熟悉的路上。售票员递给他一张前往法兰克福的车票。乘客中没有人注意到他,没有人用怀疑的目光打量他,也没有人问他什么。当他抵达法兰克福时,已是深夜。他乘地铁在玛丽广场下车,向家里跑去。他必须同自己的恐惧抗争,或许蒂莉阿姨早已不在

了。在楼梯上,他注意不要遇上任何人。

到了家门口,他静静地聆听着。他没有听到什么声音,甚至听不到那只虎皮鹦鹉的尖叫。他所能够听到的,只是自己的心跳。他按了门铃,里面有了响动,这是母亲和蒂莉阿姨的声音。"是谁这么晚还来敲门?"

现在他还有时间消失在角落里,藏到楼梯下面。

门被打开了。他听到了两个声音同时喊道:"大卫。"

"这怎么可能呢,孩子?"蒂莉阿姨问。

"这真是不可思议。"母亲说。

"你难道想在门槛上把脚收到肚子里面去吗?"蒂莉阿姨问道。

"我其实是应该想到的。"母亲说。

四只手拉住他的外衣,帮他脱下来,然后把他推进了客厅。

"医院知道吗?"

"不知道。"

"我马上打电话。"母亲说。

"让我来吧,"蒂莉阿姨接着说,"你们还有重要的事情要谈。"

"这么长的旅途之后,你肯定已经很累了。"母亲说。

"不,我根本就不累。"

她把他推向沙发,让他坐下。

国际大奖小说

"先坐一会儿。你的腿不疼吗?"

"不。"他看了一下周围,车祸以后,这里一切都没有改变。"父亲不在家吗?"

"他马上就来。为了工作,他占用了你的房间。"

蒂莉阿姨在走廊里打电话。

"我们明天就把他送回去。"他听到她在说。打电话时,她总是提高嗓门儿。"我请您谅解,大卫出走是有他的理由的。"

这时,一个高大而有些前倾的男人走了过来,大卫

很熟悉，又感到有些陌生。他已经不完全是照片上的父亲了。他的皮肤晒得有些发黑，脸色疲惫，剪着短短的头发。他走近大卫，把他抱了起来："喂，大卫。你总是喜欢给人一个惊喜。"

他应该怎么回答父亲呢？

他小心地从父亲的拥抱中挣脱出来。三个成年人又开始说起话来，而且是三个人的声音混在一起。

"医院等你明天回去。"蒂莉阿姨说。

"你不饿吗？"母亲问。

"坐到我身边来。"父亲对他说。父亲身上散发着烟草的味道，有点儿甜，像是李子干。

母亲绕着沙发桌转了一圈，最后坐到她固定的沙发椅上。蒂莉阿姨走到较远的地方，坐在一只古老橱柜旁边的小椅子上。大卫发现她深陷的黑眼窝。如果不化妆也不戴假发，那她就像是一只猫头鹰，一只在白天被人看见的猫头鹰，不知道自己应该藏到何处。

"母亲到医院看你后，你就待不住了，是不是？"

父亲试图帮助他，终于把话说了出来。尽管如此，大卫还是不知道该如何去表达他的气愤与悲伤。

"是为了蒂莉阿姨。"他说。

"原来是这样，为了蒂莉阿姨。在我看来，你的一切似乎都是为了她。"

母亲轻声对父亲说:"请不要这么不公正。"

父亲回答母亲,声音更轻,但大卫听起来就像是在呐喊:"或许我们之中已经没有人知道,什么是公正,什么是不公正了。"

大卫靠到了沙发的一角上。现在已经没有什么可以阻挡他了,没有惧怕,没有羞愧。他还从来没有像现在这样孤独过,甚至在医院里——那是他的监狱,都没有过这样的感觉。一切都远离了他。母亲,出于难受而面色发灰;蒂莉阿姨,终于变成了一只猫头鹰;而父亲,曾向他许诺,这已经是很久以前的事情,要把他带到海外,去看那巨大的没有尽头的森林。

"没有尽头的森林"这几个字,始终留在了大卫的脑海里。现在它们消失了。他很气恼,以至于开始说话时,声音竟然变成了尖叫:"如果蒂莉阿姨搬出去,那我也跟着她搬走。"

"这是胡闹!"父亲说。

"让大卫把话说完。"母亲说。

"蒂莉阿姨一直住在我们家。母亲说过,她搬到我们家来,是为了帮助我们,因为我还很小,不能单独一个人留在家里。是这样吧?蒂莉阿姨也一直住在她的房间里,约翰内斯几乎和我一样的年龄。而你只是回来过几次而已,父亲。"大卫越说越轻松了,话语似乎自己就从嘴里

流了出来一样。

"你不能就这么简单地决定让蒂莉阿姨搬出去,只因为你要回来。蒂莉阿姨不是我的亲姨妈,但她却比亲人还要亲。我住院这段时间是她在陪我,好让母亲安心工作。她很会表演和讲故事,我爱她就像爱母亲一样。这是另外一种爱。如果你把她赶出去,就等于把我也赶出去了。"

他说完了,但有些后怕。如果在这个时刻,有一种看不见的魔力能把他变回到康复医院去,那他肯定会走的。

母亲成了这个魔力。她已经站到大卫的身边,把他拉到自己的身后,说:"我觉得,如果我们听完大卫讲这些话以后马上就和他争执,那就太不应该了。我们可以自己商量这件事,而且他也很疲倦了。"

他确实很疲倦。刚才说话时,他似乎处于一种微醉状态。他有些站不稳,紧紧靠在母亲身上。回到房间,他靠在衣柜上看着母亲替他整理床铺。他的写字台、书架上,到处都摆满了父亲的纸张和文件。大卫开始脱衣服。

"你明天早上再洗吧。"

他的头刚刚挨到枕头,就睡着了。他听到几个成年人在遥远的地方说话,或许这是他的幻觉吧。

母亲叫醒他的时候,天已经大亮了。"我今天请了假,送你回医院去。"

房子里一片寂静。父亲和蒂莉阿姨显然已经出门了。他在浴室里洗了澡,然后去吃早饭。母亲仍然有些焦躁不安,在屋子里来回走动着。约翰内斯不知为什么,不断地唱着它的小调。

"外面下着大雨,"母亲说,"没有雨伞我们无法去坐地铁。"

"以后呢?"

他用这个问题使母亲安静了下来。她和往常一样,考虑问题时总是歪着脑袋:"我还不知道,大卫。但你给了我很大帮助。请相信我。"母亲说这句话时很严肃。然后她就开始活跃起来:"快,否则我们就赶不上火车了。"

第十四章

父亲的第一封信

没有人谈起他的出走,没有人骂他,也没有人埋怨他,连同屋的病友雅格布和鲁茨都好像没有注意他一整夜都没有回来。大家都在保护他。但他反倒希望能够大吵一场,好让他有机会为自己辩护。现在的一切都那么不真实,他好像已经不属于任何地方。不属于医院,因为他很快就要出院了；不属于家里，因为家里对他的期待已经和从前不一样了。

他不放过任何锻炼项目，不缺席任何集体作业。但实际上，他是在期待着，极度紧张，充满恐惧。回到医院的第二天，母亲的一个电话解救了他。她这个星期不能到医院来，但蒂莉阿姨明天来看他。她将告诉大卫，他们商量的结果和做出的决定。"你不必担心。"

"父亲呢？"

"蒂莉阿姨会给你带去一封父亲的信。"

"一封信？"

"是的，大卫，但这次不是蒂莉阿姨自己瞎编的信，而是你父亲亲笔写的信，专门写给你的。当然其中也涉及我，因为我已经事先读过了。"

大卫听着母亲说话，忘记了自己是站在电话机旁边。只是听到母亲问他："告诉我，你还在听吗？"他这才清醒过来，"是的，我在听。"

他们在电话里说了再见。他放下听筒，心里感到一阵轻松。

蒂莉阿姨来了，没有带化妆盒和假发皮桶，只带了一个小道具，在手袋里有她的粉盒和口红。她来得正是时候，病人都在午休。大卫拉着蒂莉阿姨去了手工教室。他们坐在一个木箱上，紧紧靠在一起。他吸了一口气，蒂

莉阿姨显然换了一种香水，味道有点像雨后的草地。他用余光看了她一眼，她一直很严肃，没有做鬼脸，没有说一句疯话，甚至没有说她的"喏"。过了一会儿，她打开手袋，取出了那封已经预告的信。"这是你父亲亲笔写的信，每一个字都是他写的。"大卫看到，字写得特别秀美和工整。

蒂莉阿姨吃力地站了起来。"我先离开几分钟。你应该不受干扰地读这封信。喏，我的评论对你是没有什么用处的。"

"我亲爱的大卫，"他开始读，"给你写这样的信，我觉得，在我的一生中只能有一次。而你得到这样的信，肯定在你的一生中，也是唯一的一次。写这封信，我心里很疼，它也会使你心疼的，不会马上，或许是几年以后。

"你的意志胜利了，大卫。你的真挚的爱和巨大的勇气证明你是正确的，我感到内疚。

"过去的几年里，我把一切都想得过于简单了。我总是外出，把你们单独留在家里，雨林中的工作占据了我的全部。每次回家，我总是觉得这是你们的福分，你们应该表示欢迎。但你们的生活发生了变化，就和我的生活发生了变化一样。蒂莉阿姨照顾着你和伊尔莎。你的母亲在事业上有所成就，而你已经习惯了这样和两个女人生活在一起。

"现在,过了几年之后,我想把这一切再倒转过来,撕破你们的情爱之网,要求得到我的位置。我准备和你们重新开始。但条件是,蒂莉阿姨必须搬走。但我没有给你解释提出这个使你恼火的要求的原因。或许这只是我的妒忌心理在作怪。我每次回家时,看到这个女人对你和伊尔莎是如此的重要,我就感到不是滋味。我觉得,她占据了我在家庭中的地位。但我并没有想过,是我主动把这个位置让给她的。不仅如此,实际上,你们已经不再需要我了。你的母亲和我分开两地生活,我们都很尊重对方,但可能我们已经不再相爱。和你当然是另一回事。我知道,你是需要我的。不过,每年只扮演几周父亲的角色,然后又远离你而去,对你又有什么用处呢?

"你的绝望使我恢复了理智。

"你的母亲、蒂莉阿姨和我一起商量了这件事。我们没有争吵,我们相互认真听取了对方的意见。这是你的功劳,我亲爱的儿子。我可以向你保证一点:我将定期给你写信,不会再让蒂莉阿姨代劳了。

"圣诞节时你将见不到我。我不想在圣诞树下扮演客人的角色。三天后我将飞越大西洋。我和你母亲是否彻底分手,现在还不能决定。

"拥抱你,我的儿子,祝你万事如意。多注意安全!一次石膏已经足够了!

"你的父亲。"

读信时,他听到了父亲的声音。它特别近,占据了整个房间,然后又逐渐远去。

蒂莉阿姨求他陪她去火车站。他们肩并肩地走着,迄今他还没有发觉,蒂莉阿姨的脚步是如此的小。她几乎是一路小跑,小心翼翼而有些趔趄。她确实老了,他想,随即他抓住了她的手。上车之前,她抱住大卫的头,用她厚厚的散发着香味的嘴唇亲了大卫的额头:"喏,一切又都恢复到从前的样子,孩子,什么都不会是永恒的。"

这像是一个忧伤的声明,大卫永远无法摆脱这种感觉。

"我们会来接你出院的,大卫,"蒂莉阿姨喊道,"你的母亲和我。"

打开爱的魔法箱

陈晓梅/图书编辑

一位不是亲人胜似亲人的蒂莉阿姨,用她的生活阅历编织成美妙的童话故事,为大卫带去了一个令人羡慕的童年时光。她的爱像雨露一样滋养着大卫,伴随他成长,那份爱就出自她那变幻莫测的魔法箱。

蒂莉阿姨真的有个神奇的魔法箱,她总能用箱子里的东西把自己装扮成巫婆或是美丽的仙女。为了亲爱的大卫,蒂莉阿姨接受了罗登布鲁克老师的邀请,给全班同学精心准备了一场精彩的表演。这次表演使得大卫的同学和老师都非常开心,大家甚至有些嫉妒他能有这样一位可爱的阿姨。

一次意外的车祸使得大卫受伤住院。由于工作的缘故,母亲不能经常在医院里陪伴大卫,所以又需要蒂莉阿姨出马了。她每天都到医院照顾大卫,为了让他开心,她总是想方设法制造惊喜。医院里的人都很喜欢蒂莉阿姨,因为她不仅给大卫带来了欢乐,更为医院里所有的孩子带去了久违的欢笑。

虽说大卫有个如此疼爱他的阿姨,但他仍有不少烦恼。尤其是父亲在得知他出事之后,没有马上赶回来,甚至连一封信都没有写给他,真的令他十分伤心。蒂莉阿姨想出各种方法鼓励大卫,她甚至冒充他的父亲,写了一封长长的安慰信。这样的信虽然不能从根本上解决问题,但是至少能抚平一些心灵的创伤。

几个月之后,大卫的父亲从巴西回来了,而他的出现也打破了往日的平静。大卫的父亲觉得蒂莉阿姨的存在影响了他在家人心目中的地位,所以想让她离开。还在康复医院进行治疗的大卫在得知此事之后,立即从医院赶回了家里,他不得不与父亲进行一次男人与男人之间的谈话。

故事的结局并不出人意料。蒂莉阿姨继续留在大卫的身边关心他、照顾他,而父亲则要离开大卫,为了工作四处奔波。这样的结局很好,至少对于成长中的大卫很好，毕竟只有蒂莉阿姨才能给他一个如此美妙的童年。

　　我最喜欢书中那句"现在我就只有我的大卫了！"，那种无私而又满溢的爱让人感觉十分温馨。原本没有任何血缘关系的两个人，却由于种种原因而生活在一起，那种依靠时间积累和沉淀出的爱恰似陈年美酒般愈发香醇。仔细读过这本书之后，你会真正感受到爱的存在，也能从中感悟到关爱的意义。在人与人的交往过程中，你会感受到来自他人的关爱，这种爱会给你信心和勇气，伴你度过风风雨雨。

　　完善的教育模式，不是培养孩子一步步从学校走向学校，从课本奔向课本。那样的童年虽然"充实"，但却并不完美。优秀的品格需要从小培养，而好书则是最好的雨露，伴随他们长大成人。最后，让我们打开爱的魔法箱，去感受那种前所未有的心灵之旅吧！